光嶋裕介《クライスラー・ビルディング》(2014年)

JN077696

光嶋裕介《東大寺南大門》（2022年）

光嶋裕介《旧開智学校》（2020年）

光嶋裕介《リアス・アーク美術館》（2022年）

光嶋裕介《キンベル美術館》（2008年）

光嶋裕介《ブルックリン・ブリッジとマンハッタン島》（2014年）

光嶋裕介《屋久島の海》（2022年）

つくる人になるために

若き建築家と思想家の往復書簡

光嶋裕介　青木真兵 著

青木海青子 画

灯光舎

まえがき

はじめまして、青木真兵です。

僕は2016年から奈良県東吉野村という山村に移り住み、「人文系私設図書館ルチャ・リブロ」という名前で、自宅を図書館として開く活動をしています。早いもので丸7年が経ちました。僕と光嶋さんとの関係は、こちらに越してくる前に遡ります。

2000年代後半、僕は大学院で西洋史を研究しながら、武道家で思想家の内田樹先生が教鞭をとられていた神戸女学院の大学院ゼミにも通っていました。ゼミには老若男女、本当にさまざまな方々がいて、みなさんにはたいへんお世話になっていました。僕は2011年に結婚しましたが、結婚式代わりのパーティーも内田先生のコミュニティの方々が開いてくれました。そして光嶋さんとはこのコミュニティの中で出会ったのでした。

内田先生と僧侶で宗教学者の釈徹宗先生が、僕たちゼミ生と一緒に各地の宗教性の高い場所をめぐる、『聖地巡礼』という本の企画がありました。2013年、このツアーで熊野を訪れたときのこと。同年代の参加者として旅館の同部屋だった僕と光嶋さんは、サッカー日本代表の試合をほかの参加者と一緒に観ていました。その中で守備的ミッドフィルダーの長谷部誠選手がゴール前まで上がってきて、積極的にシュートを打ったシーンがありました。そのとき、何かビビッと天啓が降ったような気がしました。サッカーはチーム競技だし、各々のポジションの役割をまっとうするスポーツです。そこで守備と攻撃をつなぐ中間的な役割の長谷部選手が、一歩自分のポジションを抜け出て強いシュートでゴールを狙った。ましてや彼は、常に全体を見てチームのバランスを意識している選手です。その試合を見たあと、露天風呂で光嶋さんたちと「シュートを打つ」ことの重要性について語り合ったことを覚えています。それから「シュートを打つ」が、僕たちの合言葉になりました。

僕にとって「シュートを打つ」とは、社会的な立ち位置や周囲からどのようにみられているかをいったん脇に置いておいて、その枠からはみ出したとしても「やらねばならないときがある」「言わねばならないことがある」、そう感じたときに行動を起こすことを意味しています。もしかしたら光嶋さんの理解とは少し違うかもしれませんけれど、僕はそう思っています。

2011年頃、内田先生のコミュニティで出会った僕たちは、ほどなくして同世代の神吉直人さんや影浦正人さんたちと一緒に定期的にフットサルをはじめました。このときのパス、ドリブル、シュートというサッカーの身体動作が共有されていたからこそ、「シュートを打つ」という言葉で同じような想いを共有できたのだと思います。そして2014年頃から、僕はこのメンバーを核として、読書会を立ち上げました。午前中は読書会、午後はフットサル、そのあとに温泉で身体を緩ませ、夕食にもつ鍋を食すという、いわゆる「モツナベーレ」活動をおこなうことになるのです。この読書会の趣旨は、内田先生のコミュニティではあまり読まないような分野、社会学やビジネスに関する本を読んで意見交換をするというものでした。そもそもなぜ読書会を立ち上げたのか。これにも背景があります。もうちょっとだけお付き合いください。

2011年春、内田先生は神戸女学院を退職され、ご自身の道場を建築なさっていました。それが私邸兼道場である凱風館。その設計者が光嶋さんでした。2014年、凱風館でイベントがあり、歴史学者の中島岳志さんのお話をうかがいました。中島さんが北海道大学にお勤めだった頃、喫茶店「カフェ・ハチャム」の運営に携わっておられたお話を聞き、僕は衝撃を受けました。

歴史学者が街に出て、社会の中で発信をする。僕は今まで、研究者にとって何より重要なのは客観性で、自分の想いや意志といった主観はできるだけ取り除いたほうがいいと思っていました。当時の僕は研究職をめざしていたこともあり、就職活動に影響しそうなことはしたくないと思っていたのでしょう。でもよく考えると、僕たちは社会の中で生きているし、生まれ育ちや研究する環境だって人それぞれ異なります。客観性を高めるということは論理的である一方、突き詰めると純粋で透明な存在にならざるを得ないのではないか。それは極端にいうと、複雑で非論理的、日によって気持ちの上がり下がりがあるような、「生き物」であることをやめねばならないのではないか。生き物としての自分に嘘をついてまで、研究者という立場に拘泥(こうでい)している状況に悶々(もんもん)としていました。

そのような葛藤の根本には、2000年代後半の大阪府でおこなわれていた「新自由主義的な政策」がありました。すぐに数値化できなかったり、お金がかかる、コストパフォーマンスが悪いという理由で、文化、教育に関連する施設などへの補助金、運営資金を削減したのが当時の大阪府知事である橋下徹氏でした。内田先生や中島さんは、そのような橋下府政に対して抗議の声を上げておられました。僕や妻は大学に属していたので、同じような価値観で大学行政が運営されていたことを実感していました。たとえば、大学図書館でも貸出点数が少ない図書から廃棄されていたのです。本や資料の価値は貸出点数として表すことは不可能です。歴史的で文化的なものを数値で測定し、その数値によってすべてを判断することは確実に間違っています。

今考えると橋下氏が新自由主義的政策をはじめたのではなく、2002年にはじまる小泉純一郎首相がおこなった「聖域なき構造改革」の延長線上に、橋下氏は戦略的にセンセーショナルな形としておこなっただけだったのでしょう。ただ当時の僕は内田先生や中島さんに対して同意、賛同の声しか上げることができませんでした。もちろんそれで十分だったのかもしれませんが、自分は研究者であり、内田先生の弟子であるという自負のようなものを勝手に背負い、「シュートを打つ」必要があるのだと思い続けてきました。

でもやっぱり、自分の言葉で声を上げたい。

いわゆるものづくりをするわけではない僕にとって、「つくる」とはこういう心情に基礎づいているのだと思います。それはまったくオリジナルの言い方、語彙を使用しなければならないということではありません。自分にとって大切だと思うことを、思い切って言葉にする。誰からも必要とされなくても、見向きもされなくても、声を発し続ける。とはいえ、いつ他人に聴いてもらってもいいように、その言葉、声自体は丁寧に磨いておく。「つくる」とは最初から完成品を求めることではありません。

これから光嶋さんとの往復書簡を読んでいただくとわかるかもしれませんが、最初は「往復書簡をするぞ」という気負いを感じます。いわゆる「往復書簡」をやろうとしていたんですね。でも後半になるにつれて、光嶋さんへの手紙という体（てい）で、自分のいいたいことをいうフェーズに入っていきます。それは光嶋さんも一緒だったように思います。だんだんと相手を気にしないようになっていく。でも相手からの手紙を読み、そこから影響を確実に受け、返事をしている。もしかしたら本当の対話とはこういうことなのかもしれません。

決まりきった工業製品のようなフレーズを交換することは、本当の対話ではありません。相手の言葉に反応して、自分が変わる、あたかも雨が降れば土がぬかるみ、川は増水し、翌日晴れた日の伸びるスピードがいつもより速い草のように。そして、変化した自分から発せられた言葉は、相手にも届きます。言葉は人間同士のコミュニケーションのために存在しますが、その人間の生活が物質的に豊かになればなるほど、生き物が生きづらい貧しい世界になっていくという矛盾があります。より豊かな言葉が存在する世界は、生き物としての人間が生きていくための土壌が豊かなことを意味します。

僕にとってこの往復書簡は、生きるための土壌を耕すような、生態系を取り戻すような、循環する世界を足元からはじめるような、そんな言葉の送り合いでした。

この往復書簡が、みなさんが生き物として少しでも心地よく生きられる一助となればうれしいです。

青木真兵

光嶋裕介（こうしま・ゆうすけ）

建築家／一級建築士／博士（建築学）

1979年米国・ニュージャージー州生まれ、小学校2年生の頃日本・奈良に帰国し、少年野球（5番キャッチャー）に熱中。中学からカナダ・トロントと英国・マンチェスターで過ごし、野球に加えてNBAにハマる。高校で再度帰国し、バスケに明け暮れて、バンド（英語の発音がよくて声がデカイだけのボーカル）をやったり、麻雀を覚えたりする。2004年に早稲田大学大学院を修了し、単身ヨーロッパへ。ドイツ・ベルリンの設計事務所で職を得て、4年間働く。2008年に帰国し、光嶋裕介建築設計事務所を開設。2011年に処女作として、内田樹先生の道場兼自宅《凱風館》を神戸に完成させる。竣工後すぐに入門し、現在は合気道四段。2021～2024年、神戸大学特命准教授。主な作品に、《旅人庵》（京都）、《森の生活》（長野）、《桃沢野外活動センター》（静岡）など。2015年にASIAN KUNG-FU GENERATIONの《Wonder Future》全国ツアーのステージデザインとドローイングを提供。主な著書に、『増補 みんなの家。』（筑摩書房）、『つくるをひらく』（ミシマ社）など多数。最新刊は、『ここちよさの建築』（NHK出版）。

□光嶋裕介建築設計事務所（www.ykas.jp）

青木真兵（あおき・しんぺい）

思想家／社会福祉士／博士（文学）

1983年生まれ、埼玉県浦和（現さいたま）市にて育つ。中学・高校時代は米米CLUBとみうらじゅんに傾倒していた。大学では考古学を専攻し、大城道則先生の研究室と図書館を往復する日々を過ごしながら、長期休みには国内外の発掘調査に出かけていた。大学院進学を機に関西に越し、西洋史を専攻しつつ内田樹先生の大学院ゼミにも通っていた。専門は古代地中海史（フェニキア・カルタゴ）。2014年より実験的ネットラジオ『オムライスラヂオ』を週1本以上配信し続けている。2016年より奈良県東吉野村在住。現在はユース世代への支援事業に従事しつつ、「人文系私設図書館ルチャ・リブロ」キュレーターを名乗っている。著書に『手づくりのアジール』（晶文社）、妻・青木海青子との共著『彼岸の図書館』（夕書房）、『山學ノオト』シリーズ（エイチアンドエスカンパニー）などがある。

□人文系私設図書館ルチャ・リブロ（https://lucha-libro.net/）

LETTER #1

03.09.2021

自分の地図をつくる

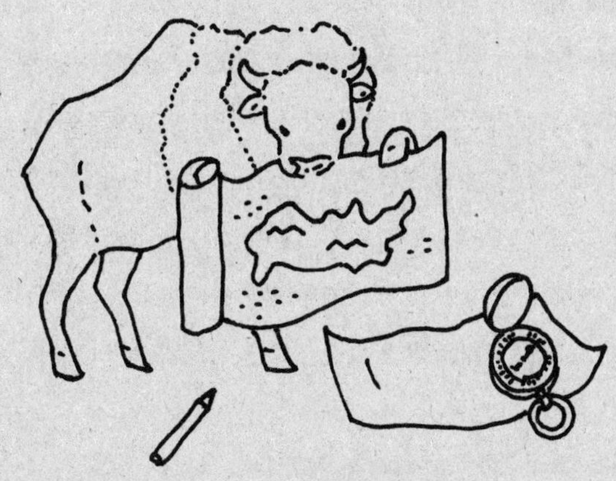

青木真兵 さま

人文系私設図書館ルチャ・リブロの
館長を務めるかわいらしい犬
オクラ

梅雨でもないのに、1週間ずっとバケツをひっくり返したみたいに降り続けた先日の豪雨ですが、ルチャ・リブロの前の川[※1]は大丈夫でしたか。散歩に行けないオクラが気の毒ですね。異常気象などの気候変動もそうですが、新型コロナウイルスによるパンデミックをはじめ、人間中心主義によるグローバルな資本主義経済をただただ推し進めてきたツケによって経済格差が広がり、人新世[※2]に突入した地球が悲鳴を上げている今、僕は自分の地図の不確かさにどうにもならない無力感のようなものを感じています。社会が猛烈なエネルギーによって目まぐるしく変化する過渡期にあって、おびただしい数の言葉が飛び交い、自分らしい判断と行動が求められる大切な分岐点に立たされているものの、ずっしりと心に届く強度ある言葉が見つからなくて、バタバタしているというか、なんだか悶々(もんもん)としています。つまり、自分を確かな存在として確認する、もしくは今どこにいるのかを定位するためにコツコツとつくってきたはずの「自分の地図」の効力

※1　ルチャ・リブロのすぐ傍には川が流れていて、勝手に「ルチャ・リバー」とよんでいます。川にはハヤという小さな魚が泳いでいて釣りをすることもできます。[青木]

※2　人新世（Anthropocene）：地球の表層の全体において人類の活動による大きな影響がみられることから、ドイツ人化学者のパウル・クルッツェンにより考案された「人類の時代」という意味の時代区分であり、地質時代における現代を含み、後戻りできなくなるほどに地球を破壊する環境危機の時代を意味しています。もはや無視することのできない地球規模の課題。

に疑問を感じています。このままではだめだという危機感らしき小さなアラートが聴こえる。それは、何か。

「ゆく河の流れは絶えずして、しかも、もとの水にあらず。よどみに浮かぶうたかたは、かつ消え、かつ結びて、久しくとどまりたる例なし」※3と鴨長明は『方丈記』を書き出しているように、世界は常に動いています。これだけは、どうも揺るぎない真理ではないか。空を見上げれば、水蒸気の塊であるはずの雲がふわふわ流れ、その雲が降らせる雨に、たくさんの名前をつけた先住民族が奥アマゾンにいることをドキュメンタリー番組で見たことがあります。そう、絶え間ない動きの中に世界があり、全体を把握することはなく、常に変容する未知なる世界のわずかな断片とだけ僕たちは対峙している。川の水がゆっくり流れて足元はぐらついている。自分の意志ではコントロールしようもない圧倒的他者としての自然。そんな不安定な自然と対立するのではなく、むしろ地図なんか放り出して、制御できない流れに身を任せ、ただなるようになればいいという態度が望ましいと思いつつも、それではどこか無責任な

※3　新井満『方丈記：自由訳』（デコ、2012）、p.100。

ような気もして、どうしたらいいかわからなくなってしまう。

この不断に動き続ける世界の中にあって、僕たちもまた動き続ける必要があり、そのためには自己変容が大切に思えてなりません。自身の心と身体に向き合って、自前の言葉を鍛えながら、自分だけの地図を更新する。そのためには自分の殻を破り、無防備な状態でわかり得ない他者と関わりながら行動していくこと。変わり続ける世界を少しでもより善いものにするための変化、少し離れて見たら悪あがきかもしれないが、それこそが自分にとっての幸福と地続きなんだと、なんとなく感じています。

よくいわれることですが、人間は弱い存在であり、ひとりでは生きていけません。常に他者と一緒に混ざり合って生きています。僕たちの体内には数え切れない細菌[※4]がいるように、見える見えないにかかわらず、常に多くの他者に依存しながら僕たちは世界と一体となって生きています。まずは「そのこと」を自覚するところからはじめたい。

というのも、他者との差異を認めず不寛容でいること、自らの考えが正しいと無批判でいることは、自分の認識を疑うことなく、カチカチの

※4 小倉ヒラクさんの『発酵文化人類学：微生物から見た社会のカタチ』（木楽舎、2017）やタルマーリーさんの『菌の声を聴け：タルマーリーのクレイジーで豊かな実践と提案』（渡邉格・渡邉麻里子（ミシマ社、2021））を介して「発酵」という視点も脳裏にあって、他者と交わる重層的な時間のあり方をいつも参考にしています。

思考停止状態に陥っていることと同義だと思うからです。考えることが「止まって」しまっては、動き続ける世界に取り残されてしまう。無常の世界についていけず、吹っ飛ばされてしまわないでしょうか。そもそも他者の集団である社会が、細かく無数に分断してしまっていることに無関心でいることや、それぞれに違う他者を無理に同質的なものに閉じ込めてしまうと、日々の生活を窮屈かつ困難なものにしてしまいます。自分の思考[※5]の痕跡として、また生きる哲学として、自分のバラバラな認識や価値観を柔軟でしなやかなものとしてきちんと動きの中で確認するための地図を更新していきたい。今の生きづらさから逃れるためには自分なりの地図が必要なのです。

この地図は目には見えません。いや、見えないからこそ、考えて、書き換えていくことができる。ずっと不完全なんだと思います。そして、地図をちゃんと手入れすることで、自分が今どこにいるのかということと、これからどこへ向かえばいいのかが、おぼろげながらも見えてくることが大事なんだと思います。さらには、この地図は「完成しない」という

※5 思考といっても、頭で考えること（言語）だけではなくて、心や身体でも思考すること（非言語）ができると考えています。

ことが何より重要だと僕は思っています。世界が動き続けていて、自分も変化していくためには、何事も「途上」であるという感覚を毎日の生活の中で大切にしたい。だって世界は動き続けていて、僕たちの道しるべとしての地図もまた常に揺らぎ[※6]の中から書き換えられることで生成されていくのですから。

この地図をつくるということは、それまでつくってきた自分の地図をその都度ちょっぴり壊すことでもあります。真っ黒になってしまった紙は、消しゴムで消してからでないと新たな線が引けません。つくるということは、壊すことで初めて可能になるといっても過言ではないのです。批判的かつしなやかに内省することが僕たちに求められているように思えてなりません。これを実践するのは言うほど簡単なことではありませんが、止まってなどいられない。

そのために、対話があると僕は思っています。自然という圧倒的な生命力（これもまた見えない）と交わり、わかり合えない他者との対話を通して、未知なる世界に触れ、自分の地図を少しずつ更新していく。他者へ

※6　あるいは、「あわい」といってもいいかもしれません。確かなことと、不確かなことのあいだのあわいを行き来しながら考え続けたい。

の想像力をはたらかせ、変容していく自己の可塑性こそを大事にすること。僕たちは完全にはわかり合えない他者との対話[※7]を通して、自分を未知なる方向へと拡張し、動き続ける世界の中で必死に生き延びている。

このたび、シンペイとの往復書簡を通して、僕は自分の地図をあらためて書き換えたいと思っています。東吉野村に移住し、ルチャ・リブロとして家を開いているシンペイの地に足のついた土着的な生き方が、妙な言い方に聞こえるかもしれませんが、僕にとってなんだかもうひとつの人生を生きているように思えてならないからです。

どういうことかというと、他者と自分を重ねることで、見えてくるもの、見えなくなるものがあります。僕もシンペイもさまざまなことを仕事としている点では似ているけど、どちらかというと僕たちには強いコントラストがあるようにも感じています。でも、このコントラスト（差異）があるからこそ対話から生き生きした学びが生まれる[※8]のではないでしょうか。お互いのことがわからないからこそやさしくなれる。書簡といういささか古風な形式を通して徹底的に語らうことで、かけがえの

※7　言語による人間との対話に加え、非言語による自然との対話もあります。

※8　この「差異」こそが、自己変容する学びのための大事な「きっかけ」だという確信があります。そのことに無自覚でいるのではなく、積極的に自分が変化するチャンスとして考えたい。だって、差異に満ちた世界を無視してしまうと、物事について考えなくなり、傍観者になったりしてしまうもの。だから、小さな差異に反応し、主体的に行動することの大切さを日々実感しています。

ない同志との予測不能な発見を楽しみたい。

だから、この往復書簡にはいっさい筋書きというものがありません。これまでシンペイとは複数回にわたって公開対談やラジオ収録などをおこなってきましたが、いつだって一発勝負。まったく下書きしないで、いつもいきなり本番。ウォーミングアップなしで、すぐにプレイボール。今回もそのスタイルを貫きたい。思いつくままに球を投げ、スリリングな対話を重ね、互いの地図の輪郭線が破れて、少しずつぼやけていく。そうすることでしかたどり着けない場所を発見し、新しい風景を見てみたいのです。そうした対話をこうして公開することで、思考の波紋を広げたいと企んでいます。

というのも、しつこいようですが、世界はやはり「動き」続けているからです。心地よい風のように。スピードが速いだの、遅いだの、ということではなく、あらゆる場所へと展開可能な骨太な思考はいつだって流れの中の驚きとともにあり、偶然としか思えないほど予想していなかったところからはじまるんだと思っています。豊かな偶然にパッと反応

※9　この考え方は陰謀論の背景にもある気がしています。現実と物語の区別がつかず、すべてが「オチ」に向けての伏線だと思ってしまうような（J. ゴットシャル（著）月谷真紀（訳）『ストーリーが世界を滅ぼす：物語があなたの脳を操作する』（東洋経済新報社、2022））。[青木]

できるようにしておきたい。

最後に、最近考えていることについてもう少しだけ書いてから、この第一信を締めくくります（長くなってごめんなさい）。それは、物事の意味についてです。僕たちは「わからない」という状態をあまりに不快に思うところがないでしょうか。わからないことは間違いであると学校で口を酸っぱくして言われて育ってきました。しかし、わからない状態というのは、不安ではあるものの、そんなに悪いことではないと思うのです。むしろ、わからないという状態は、次なる可能性に満ちていて、動きを生成する豊かな土壌ととらえることができる。僕たちは、何事においても因果関係をはっきりと理解して「わかった」気になりたいというふうに思いすぎていないでしょうか。

すべての結果には、原因があると思いたい※9。たとえば、太ってしまったのは、（きっとそうなんだけど）アイスクリームを食べたからだと思いたい※10。そのほうが断然スッキリするし、そのための対策としてダイエットの方法も計画しやすい。しかし、実際の世界で起きることの多く

※10　福岡伸一がコラーゲン鍋を食べても、体内でアミノ酸に分解されてしまい、コラーゲンとして再統合されるわけではないと『動的平衡』（木楽舎、2009）の中で書いていて、次の日に「肌がぷりぷり」になったと思うこととのあいだには、科学的な因果関係はないらしい。ただ、偽薬（プラセボ）を投与されても、それが偽薬であると知らないで効果が出る人が一定数いて、プラセボ効果も立派な効果であるとも述べていて、おもしろい。人間の身体って、わかるようでわからないから、不思議だし、自然に対しても同じくわからないという構えで敬意を払うことで学びが発動すると考えています。

は、デジタルな因果関係では理解できません。そんな単純じゃないですよね。わかった気になるというのは、むずかしい問題に対して自分だけの手持ちの「意味」に執着してしまっているということにならないでしょうか。この閉じられた意味にこだわりすぎてしまうことは、不安から一時的には解放されるかもしれませんが、考えるというエンジンがすっかり止まってしまっていては、まずいと思うんです。そもそも、社会の問題の多くは模範解答がなく、答え合わせができません。むしろ自分なりの問いの立て方のほうが大事だったりする。昨日デザートにハーゲンダッツを食べたから太ったという結果より、どのようにしたら太らないで、ご機嫌にいられるか？　という問いを立て直してみてはどうだろう。僕たちの外の世界は単純な意味に回収されない複雑な関係性に満ちています。そもそも世界の成り立ちにはっきりとした単一の理由などないとしたら、どのような構えで私たちは動き続ける世界と向き合えばいいのか。僕の基本的なスタンスとしては、複雑であることは良いことだと思っています。そして、世界は常に動いている。視点を変えたらガラッと別の風景が見えるからおもしろい。一対一対応するわかりやすい意味に回収されない複雑な「自由」をどのように獲得できるのでしょうか。

建築を設計している際に、図面上では綺麗に数字が収まっていても、現場で大工さんが実際につくっているときは、うまく部材が収まらないことがしばしばあります。柱と梁の関係が図面と現場では違うのです。図面は仮想上のものであり、極端にいえば、抽象的な概念です。紙の上の記号なのです。対して、現場は物質的でリアルなもの。

そんなときに「遊び」[※11]が重要になります。天候による木材の収縮や反りが発生すると、素材は動き、止まっている図面通りの数字では収まらないのです。そんなときに数ミリの遊びがあると、ピタッとはまることを大工さんたちは身体的に経験として知っています。遊びについてはこうして説明がつく時点で、やはり意味に回収されてしまいますが、因果関係として明確に提示できない、確かな理由を事前にもたない「余白」みたいなものを設計の中に含むことができないかと僕は常々考えています。

※11　部材と部材が取り合うための「クリアランス（逃げ）」ともいう。広い意味での冗長性（リダンダンシー）のこと。

機能主義というふうにして、何々をするための空間を用意するだけではなく、機能と空間の因果関係においても、意味を重層させたり、この遊びをもたせたりできたらいいなあと考えています。たとえば移動空間としての廊下というものが、ひとりで通る廊下と複数人で通る廊下、車椅子が通る廊下など、機能的にクリアしなければいけない条件をクリアしたうえで、そもそも移動空間という枠をなくして、使用してもらえるような自由な廊下について考えたりします。具体的には、廊下の寸法を少し広げていくと、広い廊下となり、それは小さく細長い部屋にもなり得るのです。ここに、余白として可能性が誕生します。そのとき、子どもたちは、広い廊下でトランプ遊びに講じたりするかもしれません。そうした常識にとらわれない自由というものを他者との偶然性に身を委ねることで発見したいと思っています。

僕たちは日々の生活の中にわかりやすい意味を見つけ、ついそこに執着して因果関係をはっきりさせることでさらに思考する可能性を逆に排除してしまっていないでしょうか。一意的なもののとらえ方からすると、余白はたんなる無駄なものでしかない。世界のわからなさをもっと謙虚に受け入れて、むしろ、そのわからなさにどっぷり身を浸して楽しむくらいのゆとり、それこそ遊び（余白）をもって世界と関わりたい。言い換えると、充分に頭で考えたあとは、因果関係による理由など手放して、直感的に偶然性を志向するのはどうでしょうか。

昨夜のニュースでデルタ株の次に「ミュー株」という新型コロナウイルスの新しい変異株があることを知りました。どうも動き続ける世界においては、「絶対」ということがないようです。今、僕たちは自国の政府によって感染拡大防止という大義名分において「動かない（ステイホーム）」ことを要請されています。私たちの移動する権利が侵されて、不要不急という（思考停止の）網をかけられて制限されているのです[※12]。しかし、何も考えないで、止まってなどいられません。いつだって歩きながら考えたい。頭だけではなく、身体で考えて、アクションする。

自分の中の多くの他者を発見しながら、しなやかに変容し続ける世界

※12　このとき菅総理（当時）は東京や大阪を含む19都道府県に対して第4回緊急事態を宣言していた。

といかに混ざり合うか。大きく豊かな生態系の一部であることを存分に味わう視点を見つけなくてはいけないように思えてならないのです。そのためには、塞がれた感覚を開き、無防備になることを恐れてはいけない。僕は自分の地図のことからこのお便りを書きはじめましたが、それは小学生が朝顔の成長を観察日記に書き留めるように、この往復書簡もまた、不確実な今を生きるささやかな驚きに満ちた成長の記録になればいいと思っています。不完全だから、地図は完成しない。急ぐ必要などまったくありません。雨の種類にたくさんの名前をつけた先住民族のように、動き続ける世界を丁寧に遊びながら観察すること。人間の細胞が分裂をくり返してドンドン入れ替わるように、シンペイとの対話が僕たち自身のメタモルフォーゼのきっかけとなることを心から願っています。

2021年9月3日（金） 街にあまり人がいない芦屋にて

光嶋裕介 拝

LETTER #2

21.09.2021

はじまりを問い直す

光嶋裕介 さま

お便りありがとうございました。さっそくお返事が遅くなってしまい、ごめんなさい。楽しく拝読しました。

常々思っていたのですが、光嶋さんはよく「自分の地図」という表現をしますよね。でもそういえば僕は、「地図」に対して特別な意味を込めて使うことはないよなと、あらためて気がつきました。まずはこの違いがおもしろいなと。さらに光嶋さんは先のお手紙の中でこんなふうにも書いています。「つまり、自分を確かな存在として確認する、もしくは今どこにいるのかを定位するためにコツコツとつくってきたはずの「自分の地図」の効力に疑問を感じています」。この「コツコツとつくってきたはず」という言葉自体、すごく建築的だなあと感動しました。なぜなら、「コツコツ」という積み上げていくタイプの思考を僕がまったく持ち合わせていないからです[※1]。

僕が地図という言葉で思い起こすのは大学時代のこと。当時は考古学を専攻していて、夏休みや冬休みには発掘調査に従事していました。発掘では出土した遺構や遺物を図面に落とすことが不可欠です。見つかっ

※1　コツコツ積み上げられない僕は、良くいえば批評家の浅田彰いわく「スキゾ型」の人間なのかもしれませんが、ただ根気がないだけともいえそうです。ちなみに浅田によるとスキゾ人間とは、いろいろなことに興味をもち、ひとつのことにこだわらない人だそう（浅田彰『逃走論：スキゾ・キッズの冒険』（筑摩書房、1986））。

た土器や石器、土偶、埴輪、木簡や石瓦などの遺物がどこで見つかったのか。それらが見つかった場所が住居なのか神殿なのかによって、その遺物の性格はまったく異なってしまいます。また、その遺物が出土したことによって、そこが住居なのか神殿なのかが判明する場合もあります。だから考古学では遺物や遺構が地球上のどこに位置するのかを測量し、緯度や経度、海抜の座標を記録することで、初めて「遺跡」という客観的なデータになるのです[※2]。

このように僕にとっての地図は客観的なものであり、光嶋さんのいうように、自分でつくれるようなものだとは考えていませんでした。そういう意味で、光嶋さんにとっての地図のイメージをもうちょっと詳しく聞いてみたくもあります。それに対して、「地図」というメタファーを使わない僕は、どのようなイメージで未来を見ているのだろうと自問してみました。もちろん未来のことを考えないわけではないのですが、光嶋さんのように「コツコツ」自作していくものとは考えていないようです。

ではどのように未来について考えているのかというと、たぶん「思い

※2　現代なされている学問は基本的にすべて近代科学のフレームワークによって組み立てられています。主観と客観があり、学問はより客観的な証拠や方法によってなされるべきというものです。人文科学において特に考古学はその最たるものです（鈴木公雄『考古学入門』（東京大学出版会、1988））。

つき」なのだろうと思います。でも、この「思いつき」にはまったく根拠がないわけではありません。ひとつのことを積み上げていくのではなく、いくつかのことを同時に進めていることが「思いつき」の源泉にはありそうなのです。そういう意味でも、僕と光嶋さんは思考のタイプが違うのかもしれませんね。

僕は事前にお送りしたメールの中で、「スリリングな対話」がしたいと書きました。念頭にあったのが、映画『三島由紀夫vs東大全共闘：50年目の真実』です。かれらは一見すると天皇主義者の三島由紀夫とマルクス主義の全共闘学生というふうに、右と左で政治的に対立しているかのようにみえます。でも「対話する時間」を共有するうちに、現状を変えたいという想いでは一致していることがみえてくるんですよね[※3]。あれがとてもおもしろかった。そういう意味では、この往復書簡はむしろ逆かもしれません。大枠の価値観では一致している僕たちですが、先ほどみた思考の仕方の違いなど、異なった部分を明確にしていけたらおもしろい。

※3　三島由紀夫と東大全共闘の対立を右と左の対立としてだけみるのではなく、実質的にはアメリカの属国にもかかわらず戦後経済発展をして満足している日本という、もうひとつ大きな枠組みと両者は闘っていることを知る必要があります（三島由紀夫・東大全共闘『美と共同体と東大闘争』（角川書店、2000）、矢部宏治『日本はなぜ、「基地」と「原発」を止められないのか』（講談社、2019））。

現代はお互いの違いをあらわにし合うことを避ける傾向にあります。たしかに価値観が多様化してくると、「あなたがそういうなら仕方ないよね」と他人の意見を無批判に認めがちです。人の意見を無批判に認めることとお互いの違いを明確にし合うことは、似ているようで違います。そういうわけで、今回は光嶋さんと往復書簡ができる機会をせっかくいただいたので、「お互いの違いを認め合う対話」ができればうれしいです。それってやっぱり、簡単なことで縁が切れる関係だったらできないことだと思いますから。

僕の住む東吉野村は人口約1,600人で高齢化率56%の、いわゆる限界集落です。2016年からこの山村に住む中で、暮らす場所が人の考えに影響を与えることに気がつきました。それが顕著なのが自然に対する考え方です。たとえば都市は自然よりも人が上位にいることが前提で、都市の人びとにとって自然は征服できるという認識です。しかし村に住んでみると、人の上位に自然があることは明確です。自然は人の力ではどうにもならないものなのです。人はその大きな自然の一部だし、「住まわせ

てもらっている」感覚が強い。そして僕は都市に住んでいるときよりも、村に住んでいる今のほうがしっくりきている実感があります。

どういうことなのでしょうか。光嶋さんの先のお手紙に即していうと、現代に生きる人びとが「わからない」状態に耐えきれないことと関係しているのだと思います。現代社会は本当は「わからない」ことが溢れているにもかかわらず、「わかったフリ」をして生きていかなければなりません。そのしんどさに僕は耐えきれなかった。たとえば、なんだか体調が悪いとか、朝いつもと違う道を通って会社や学校に向かいたい気持ちとか、昨日は何事もないように話せたあの人に対して今日は同じように振る舞えないこととか。

本当は僕たち個人個人は「わからない」や「不安定」という感覚でいっぱいなのに、社会では「わかる」「安定」を求められてしまう。この社会的要請を乗り越えるためには、「わかったフリ」をするという矛盾を抱えるしかない。これにがまんできなかったんです。一年は春夏秋冬でめぐるけれども、一季節につき3か月と決まっているわけではないし、太

陽が射す時間、雨の降る量もきっちり定まっているわけではない。たしかにあるのだけれど、きっちり決まっているわけではない。このあり方が生き物にはちょうどよい。それを山村だと直接的に感じることができるから、僕たちは山村に住んでいると楽なのだと思います。やっぱりそうだよな、というふうに。

社会は「わかったフリ」によって組み立てられているので、「わからない」を基準に生きてしまうと摩擦を起こします。このあいだ新訳で読み直したプラトン『プロタゴラス』が、まさにそういう話でした。そこではソフィストのプロタゴラスと哲学者ソクラテス※4の対話が交わされます。ソフィストとは職業教育者のような人たちです。かれらが生きた古代ギリシアでは弁論術が高い価値をもっていて、裕福な市民はお金を出してそれを習得しました。今でいうところの良い学歴を身につけさせるために進学塾に入れたり、家庭教師を雇ったりするような感じです。プ

※4　ソクラテス（紀元前470頃～紀元前399）は古代ギリシアに生きた哲学者で、西洋哲学の基礎を築いた人物です。たくさんの書物に彼の言葉は残されていますが、彼自身が書物を書くことはなく、哲学的な対話をおこないました。僕はこのプロタゴラスというソフィスト界のスターと闘うソクラテスがとても好きです（プラトン（著）中澤務（訳）『プロタゴラス：あるソフィストとの対話』（光文社、2010））。

ロタゴラスはそのソフィストの元祖とよばれるような人物。その知識人に対してソクラテスがいろいろ尋ねるんです。

ご存知の通り、ソクラテスは「わからない」を基本に生きています。いちいち、「そもそもそれって」と問い直します。それに対してプロタゴラスは、「いやいや、そんなこと言ったって社会はそれで動いてるんだからさ」と大人の対応をします。このやりとりが最高なんです。しかし有名なことですが、最終的にソクラテスは社会の風紀を乱したという理由で、死刑宣告を下されてしまいます。ソクラテスの生きた時代は都市アテナイの最盛期でした[※5]。このような平常時に常識を問い直すことは、現状の社会を混乱させ、風紀を乱すことになってしまう。でも今の時代は、これからどのような未来が訪れるかわからない、答えのみえない非常時です。非常時とは、既存の言葉づかいが適用できなくなっている時代です。

非常時こそ、ソクラテス的な知が必要です。僕はこれを物事を問い直す「人文知」とよんでいます。かといって、プロタゴラス的な「社会の

※5　ソクラテスが生きた時代はギリシア諸都市連合がペルシア帝国の遠征軍を排撃した、ペルシア戦争のあとでした。約50年間にわたったこの戦争のギリシア側の中心都市が、ソクラテスが暮らすアテナイでした。すなわちこの時代のアテナイは全盛期であり、そこに疑問を呈してなどしてほしくはなかったといえます（栗原裕次他『世界哲学史1：古代I 知恵から愛知へ』（筑摩書房、2020））。

知」が必要ないわけではありません。でもまずはソクラテス的に「そもそもそれって」と、はじまりを問い直すこと。ここからはじめるべきなのではないかと思っています。ということで、最後にずっと聞きたかった問いを投げかけて終わりにします。ちょっと乱暴な言い方になりますので、解釈はお任せしますね。

「そもそも、建築はつくられ続けなければならないのでしょうか」。

2021年9月21日（火） 東吉野村にて

青木真兵 拝

LETTER #3

06.10.2021

建築とは何か

青木真兵 さま

お便り、二度ほど一気に読みしました。これまで幾度となく対話してきたけど、往復書簡という形式がやっぱり新鮮なのか、なんとも不思議な手触りでもって言葉が振動して、シンペイの声が静かに聴こえてくるというか、すんなりと言葉が心に響く心地よさがありました。

今、僕は仕事で岩手県一関に来ています。先週は、鹿児島県の屋久島にも行ってましたが、なんだか最近、ずいぶんと遠いところからの設計依頼が続き、コロナ禍にあって制限されていた移動をマスクなどの感染予防対策を徹底しながら少しずつ再開している感じです。僕としては、やっぱり旅が好き。初めて訪れる場所は学びが多く、楽しいものです。一関も、屋久島も、子育て真っ最中のご家族からの住宅の依頼で、偶然にもともに畳をつくることを生業としているクライアントからの仕事です。敷地は、北と南でえらく離れていて、それぞれ特有の表情をもっていますが、自

然に囲まれた場所であるという点では共通しています。もちろん、自生する樹種は異なりますが、屋久島も一関も敷地の周辺に豊かな自然があり[※1]、偉大な自然とともにシンペイのいう「住まわせてもらっている」感覚になることができます。都市の中のせせこましい自然ではなく、野生の自然をヒシヒシと感じる場所といえます。また、新しい家を建てる敷地がそれぞれの畳屋さんの工房の隣りであるということも一緒で、これがすごく大事だと思っています。というのは、僕も自宅の1階が設計事務所で2階に住んでいますが、職住一致[※2]というのは、仕事と暮らしの線引きがむずかしくなるものの、たとえば子育てにおいて、子どもに親の働く姿を見せられるということは、すごく教育的効果があると感じています。口ほどに背中もものを言うのかもしれませんね。日々の暮らしの延長線上に家づくりを展開できることは、たいへん幸せなことです。

さて、シンペイからのお便りの最後にあった「そもそも、建築はつくられ続けなければならないのでしょうか」というのは、まさに、日々の

※1　設計している住宅の近くの屋久島の海（口絵参照）。

※2　思えば、内田先生の凱風館だって道場と書斎がある住宅なので職住一致だし、ルチャ・リブロだってそうだから、職住一致は「マイ凱風館」のひとつの条件といえるのかもしれません。

暮らしの根底的なところにグサッと刺さるストレートな問いかけでしたね。

ふいをつかれた問いでしたが、悩むことなく、答えは「イエス」です。建築はつくり続けなければならないと思います。

ただ、しっかりと考えておきたいのは、ここでいう「建築」とは何か、また「つくり続ける」とはどういうことか、ということですね。

その「何（what）」を問う前に「誰（who）」について考えることからはじめさせてください。建築をつくり続けるのは、誰のためか。それは、当たり前ですが、人間です。僕が建築家として設計依頼を受けて、建築を設計し、工事を監理する仕事をしているのも、依頼してくれるクライアントがいるからです。

人は、建築がないと生きていけません。生きるために建築します。人間と建築はふたつでひとつなのです。ゆえに、建築は人間の映し鏡といえます。建築というのは、人間のために、人間によってつくられています。そして、常に、地球という大地の上に建っています。それは、地球上の変化し続ける環境（自然と言い換えてもよい）において、人間が生活を営むうえで自らのもうひとつの環境をつくることで厳しい自然や外敵から身を守る（シェルター）必要があるからです。自然というのは、海や山の美しい風景を眺めるだけではなく、常に大きなエネルギーの渦の中にあり、そのエネルギーを人間も受け取って生きています。自分の思うままに自然を制御することはけっしてできません。

しかし、自然を開拓し、ほぼすべてが人工的に構築された都市においては、世界は人間がつくったものばかりであり、あたかも自然さえ制御可能なものとして錯覚してしまうほどに、自然の力が抑圧されてしまっています。シンペイのいうように、都市においては、人が自然の上に位置して「わかったフリ」をすることでかろうじて秩序を保っているようにみえますが、このままでいいわけがありません。

現代の都市の代表的な構築物のひとつである高層ビルは、窓ひとつ開けることもできません。ガラス張りの箱の中に、機械をたくさん詰め込んで、室

内の空気を制御して外の自然から切り離された人工的な環境を人間のルールに則ってつくっています。蛇口をひねれば、消毒された綺麗な水が配管を通って流れ、排泄された汚物は、太くて硬い配管を通して下水システムに流されていきます。人間が依存しているのは、自分たちで構築したシステムであり、そのことがすっかり見えなくなっています[※3]。空気もボタンひとつで快適な温度に調整され、吹き出し口から爽やかな風となって出てきます。遠くの発電所でつくられた電気も配線され、太陽のない夜でも快適に生活できるように僕たちの手元を明るく照らしてくれています。

こうした「快適な生活」を可能にする「建築」を人間は自らの知恵と努力によってつくってきた「つもり」でしょうが、じつのところ、建物が建っている足元に必ずある「地球」に対する想像力の欠如によるツケが、今の地球温暖化をはじめとする環境危機に直結しているのではないか。先に説明した建築のシステム、配管などは考えてみたら植物の構造に似ています。不完全な人間がつくるものは、いつだって完全な自然を模倣することからスタート

※3　不可視であることで、僕たちは便利さというシステムの中で物事を「当たり前」だと思ってしまい、地球規模での環境破壊など、自分ひとりではどうしようもない大きな問題に対して、つい「臭いものには蓋をする」感覚で思考停止に陥り、逃げてしまっていないだろうか。自戒を込めて。

します。それなのに自然から学ぶどころか、自然との共生ができないほどに自然を破壊し、追いやっているのが今の都市の姿ではないか。

つまり、人間だけが効率よく合理的に自分たちの快適さを追求した結果、地球が悲鳴を上げていることに気づかなかったのか、もしくは、気がついても何もしないで、「知らないフリ」を許してしまったのです。それゆえに、今、取り返しのつかない地点まで来てしまっているのかもしれません。

「そもそも、建築はつくられ続けなければならないのでしょうか」という問いは、そんな根本的なことを考えさせられました。正直にいうと、矛盾することで生じる「うしろめたさ」がありました。なぜなら、シンペイの問いに悩みもせず即答で「イエス」と答えられたのは、建築するという行為が私たち人間にとって理屈抜きに気持ちいいことだからだと思うのです。何かをつくるというのは、とても楽しいこと。しかし、その構築に先だって破壊や分解※4があることをつい忘れてしまい、「こわす」と「つくる」の矛盾に目をつぶるしかできないことが、うしろめた

※4 このことは、藤原辰史さんの『分解の哲学』（青土社、2019）を読んだことで多くを気づかされました。特に印象に残っているのが、故障したものや壊れたものを修理しながらご機嫌に生活するイタリアのナポリ人のお話。

いのです。

つまり、これまで私たちが建築をつくることを通して獲得した幸福というものが、どれだけのものや命の犠牲の上に成り立っているのかについて、無自覚すぎたのです。家の中にゴキブリ1匹出てきただけで大騒ぎして、丸めた新聞紙で叩き潰しているように、建築をつくって心地よく生活することは、自然を含めた広い意味での無数の他者を無意識のうちに排除することで成立しているのではないか。このことをどのように考えたらいいのでしょうか。

たとえば、木造建築をつくる際に最初につくられる、建築の土台となる基礎があります。そして、柱の下にだけ石を敷く部分的な基礎ではなく、家の下全体をコンクリートで覆う「ベタ基礎」が今では標準的なつくり方です。基礎工事は、敷地の地面を掘って、平らにすることからはじまります。鉄筋を組んで、コンクリートを流してつくられて、建築の安全性を担保する大事な縁の下の力持ちです。しかし、よくよく考えてみると、この分厚いコンクリートの基礎は、建築と地球のあいだの関係性をキッパリと断絶させて、人間にとっての都合のいい新たな「地盤」をつくっています。人間は構築するのが楽しくて、建築をつくる土台さえも自分たちでつくってしまわないと気が済まない。

土の中にいたダンゴムシや微生物などは、けっして固まったコンクリートを貫くことができません。蟻の巣があったとしても、死んでしまうでしょう。人間の建築という安全な環境をつくるために、足元の地球が何万年も前から構築してきた土の中の小さな生態系はあっけなく壊され、少なくとも強制的に変容させられてしまっているのは確実です。人間が、人間のことだけを考えて建築をつくり続けることには、ブレーキをかけないといけないのかもしれません。蟻やダンゴムシと同居するような建築のあり方もあるはずです。

シンペイの問いかけに勢いよく「イエス」と答えた僕も、じつはこの大前提をしっかりと共有したうえで、人間が人間のためだけではなく、足元の地球とともに、身近な環境を総合的により良くするような建築のあり方を未来に向けて提案したい、少なくとも考えてみたいと思っています。明確な「答え」はまだわかりません。しかし、そのためには、自然は人間がコントロールできるようなものではなく、むしろ自分もその自然の大きなエネルギーの一部であるという弱き存在としての謙虚さを自覚することからはじめたい。そのためには、他者への想像力が鍵になってくる。それも、人間に対する想像力のみならず、人間でないものに対する畏怖(いふ)の気持ちをもつこと。自然との非言語的な対話がものすごく大事に思えてならないのです。

イタリアの哲学者エマヌエーレ・コッチャは「植物は、主体・物質・想像力の絶対的な密着性を表してみせる。植物においては、想像するとは、想像する当のものになることなのである」※5と述べています。こうした植物的知性が私たちに教えてくれることは少なくない。

対話は、こうして往復書簡においても、人間同士であれば言葉を介しておこなわれます。しかし、人間でないものに対して言葉は無力です。人間中心主義というか、なんでもできるというような全能感をもって生きていくことの危うさこそ、新型コロナウイルスによるパンデミックが

※5　E.コッチャ（著）嶋崎正樹（訳）『植物の生の哲学：混合の形而上学』（勁草書房、2019）、p.18。

人間に教えてくれた教訓のひとつではないでしょうか。簡単ではないし、模範解答があるわけではないけど、けっして無視してはいけない「そもそも」の視点として、建築を人間のためだけにつくらないという条件をつけたうえで、シンペイからの問いかけに対して堂々と「イエス」と答えたい。

なぜなら、私たちは地球という自然から切り離された強い生命体ではなく、人間同士はもちろんのこと、自然という他者（外部性）とも一緒に相互依存しながら生活することでしか生きられないのですから。コッチャは、「相互投影」という言葉を使って、以下のように私たちに植物的知性への扉を開いてくれています。

> 「生物は自身の身体のもとで完結させてもよいことを世界へと委ねる。逆に世界は生物の外でなされてもよい運動の実現を生物に託す。〈技術〉と称されるのは、この種の運動のことです」。[※6]

※6　同左、p.48。

常に関係し合っていて、互いに変容し続けている。そんな有限な地球に対して、無限の欲望を人間が振りかざしていては、調和した秩序など到底構築できないでしょう。

複雑で大きな問いに対して、僕なりに、筋道をつけて答えてみました。スッキリしませんが、これまでの常識や当たり前をすべて検証し、再考しなければならないということが、「原始を問い直す」ことのおもしろさだと感じています。

人間が幸せに生きていくために、地球とどのように関わっていくのか。ひとりの人間と地球とではあまりの非対称性に頭がクラクラしそうですが、集団としての人間と地球の一部としての地域について考えることはできそうです。これからどのような生活を営みたいのかを、これまでの暮らしの反省をふまえて考えてみたい。僕のいう「建築」は、こうした人間が人間として地球上でハッピーに暮らしていくための大切な実験所のような存在として、常に自らをチューニングしながら手入れをしていく空間のことを指しています。応えるだけではなく、求められた人の要望にクライアントをはじめ、自然と折り合いをつけながら調和する建築をつくりたい。人間のあらゆる営みの器としての建築の魅力は、人間との相互作用によって常に変容しながら構築されていく豊かさなのではないか。そういう意味で、普遍的な答えがないばかりか、そのような建築には完成がないともいえます。すべてがプロセスの中にある。揺らぎであり、あわいであり、目には見えない生命力による運動であると思っています。

第一信で僕は「意味について」単純な因果関係に回収されない「わからない」ことの豊かな可能性について書きました。わからなさを抱くことはよいことだと思うのです。そもそもの「地図」というメタファーを通して、常に自分の中に「目的地をもつこと」という因果関係を構築しようとしていたことにあらためて気づかされました。ただ、多くのことは、きっぱり線引きして分けることなどできず、なめらかなグラデーションの中にあると思えば、目的地をもちながらも、無意味にふらふらと散歩するという矛盾を、僕はめざしているのかもしれません。僕のいう

「自分の地図」にとっては、グーグルマップの中心にある自分を示す青い丸が重要なのです。常に背景の地図と丸い点が動いていることが大切なんだと思います。「わからなさ」の中で動き続けることは、ひとつの意味に回収されることを避け、失敗やエラーを寛容に受け止める余裕を兼ね備えることだと思っています。自分も、地図も、変わり続けること。

建築家として未来をイメージし、図面によってその想像を形にし、建築を空間として創造しているわけですが、自分で想像していながら、どこか予定通りになることにいささか不満を覚えるという天邪鬼なところがあるのが正直な気持ちです。計画したいけど、無計画の魅力も感じていたい。ものづくりにおいてどこまで手を加えるのかという、程度の問題ですね。作為性と無作為性のバランス、均衡するベストな状態を新陳代謝しながら見極めたいのです。

何かを創造することは、想像力を必要とするも、作為性を超越したところで生成されていく偶然性に対しても常に敏感でありたいと思っています。常に期待に応えなければならないというプレッシャーはあるものの、思い通りにならないことを受け入れて、偶然をキャッチする準備をしておきたいのです。だから、「地図」というメタファーも、地図を持って目的地に到達することよりも、自分の青い点の動きを自覚し、地図に裏切られながら書き換える営みのほうが大切なんだと思っています。いつだって自分の地図を更新し続けることで、世界と自分を相互投影し、その関係性をより良くするように、しなやかな意志をもって行動したいものですね。

2021年10月6日（水）　生命力溢れる風景が広がる一関にて

光嶋裕介 拝

LETTER #4

17.11.2021

「ちょうどよい」を考える

光嶋裕介 さま

またまた時間が空いてしまいました、ごめんなさい！　ここのところバタバタしていて、また体調を崩してしまいました。初めて救急車にも乗りました。さすがにここまで具合が悪くなることは稀（まれ）ですが、ご存知の通り僕は何度も同じ過ちをくり返しています。体調を崩すたびにわが身を振り返り、「予定を入れすぎた、調整せねば」と反省をくり返す。なぜこのような事態に陥ってしまうのでしょうか。おおげさかもしれませんが、ここには「近代以降の人間と自然の関係」をめぐる諸問題が隠されていると思っています。

その前に、「建築はつくられ続けねばならないのか」という問いに答えていただき、ありがとうございました。無茶振りだよなと思いつつ、光嶋さんならどうにかしてくれるだろうと球を投げてみました。しっかり受け取ってくれてうれしかったです。なかでも「自然との非言語的な対話が大事」という光嶋さんの意見には大いに共感しました。だからこそ、もうちょっとだけその話題について考えさせてください。

そもそもなぜ「建築はつくられ続けねばならないのか」という問いを

抱いたかというと、全国的に深刻化する空き家問題と関係しています。つまりなぜ今ある空き家をリフォームして使わずに、一から新しいものを建てる必要があるのか。そんな小学生のような疑問が浮かんできたんです。僕の住んでいる村もそうだし、首都圏以外の多くの地方は人口減少と過疎化がセットになって、空き家はとても重大な社会問題となっています。そんな背景が頭の中にあったので、単純な疑問としてなぜ「直す」のではなく「つくる」のだろう、という疑問が頭をもたげたのでした。

光嶋さんはクライアントからの要望で建築物をつくるとき、人間同士の対話のみならず、家が建てられる周辺環境や建築資材、採光する窓の大きさなど、多くの「自然との非言語的な対話」をくり広げていることかと思います。しかし現在、各地に建てられているどれも同じような分譲住宅や、人が住んでいるとは思えない地方都市に林立する高層マンションを見たときに、その建築過程において「自然との非言語的な対話」がなされているとは到底思えない。そこにあるのは効率性や合理化のみを重視し、できるだけ安い材料でなるべく早くつくることによって費用を抑え、支出を切り詰めることによってとにかく利幅を確保しようという強い欲望です。言うなれば、「商品としての建築」です。残念ながらこれは建築分野のみならず、現代のさまざまな産業における「常識的な考え」だといえるでしょう。

それも踏まえて僕が思ったことは、光嶋さんには新しい建築をつくってほしいけど、商品としての建築はもうこれ以上いらないのではないかということです。ここまで考えてくると、僕が「なぜつくられ続けねばならないのだろう」と思っていた建築は「商品としての建築」であり、光嶋さんのいう建築は「商品ではない建築」だったことがわかります。僕はハウスメーカーや行政が「予算があるから」という理由で建てているようなものまで含めて、「建築」とよんでいたのだと思います。今後は思い切って、そういうものは「建築」とよばないことにしたほうがよいのかもしれません。

新しくプレハブのような建築物ができるのを見るたびに、現代社会には「自然との非言語的な対話」が明らかに足りていないことを実感します。もう少し踏み込んで考えてみると、「非言語的な対話」とはたんに「言葉を使わずにコミュニケーションする」という意味だけではなく、数値化、図式化、さらには意識化することも含め、現時点ではまだ明示化されていないものに思いを馳せることだといえます。そしてこの「自然」とは、社会の外、人間が手に負えないもの、無意識下にあるものなど、さまざまな言い方ができるものだと思っています。

外側と内側というように、「自然」は大きくふたつに分けられます。外側とは山や海、川や森、もっと話を大きくしてしまうと宇宙までが含まれます。そして内側とは身体です。この外側と内側のふたつの自然が対称関係にあると考えたのが、前近代社会です※1。だからかつての権力者は自然現象を特に気にします。干ばつが続くと食糧生産が滞り、民が飢え死にし国力が減退するという理由もありますが、「不吉な星」が空に輝いていたので元号を変えるといった行為は、外側の自然と内側の自然が共鳴し合っていることを前提にしないと理解できません。かつての社会はこのような考えをもった人びとによって成り立っていたのです。国家レベルの話でなくても、出産や生理といった女性に関わることや、憑(つ)き

※1　前近代社会とは、文字通り近代より前の社会のことです。近代とはいつからはじまったのかというと、だいたい産業革命がはじまり、国民国家が形成されはじめ、徐々に社会のあり方が科学によって再編されていく時代といえます。それが日本でいうと明治時代（1868年～）以降になります。しかしそれは政治、経済上の区分であって、民衆レベルではさらにあとだったと考えられています（内山節『日本人はなぜキツネにだまされなくなったのか』（講談社、2007）、阿部謹也『中世賤民の宇宙：ヨーロッパ原点への旅』（筑摩書房、2007））。

物などの今でいう精神障害に関することも、外側の自然と大いに関係があると考えられてきました。

つまり前近代の人間は、自然というコントロールできないものに囲まれているだけでなく、そのコントロールできないものが自分たちの中にもあって、そのふたつは確かに関係していると考えてきたのです。しかし西洋ではルネサンス期以降、レオナルド・ダ・ヴィンチのように人体を解剖することによって身体を分析可能なものにしたり、ガリレオ・ガリレイのように天体観測によって宇宙を客観的に測定した結果、自然は測定可能であり、人間の分析能力が向上すれば、数値化や言語化ができるものだと考えるようになっていきました。外側の自然と内側の自然に対応関係があるなどという、客観的なエビデンスが乏しい「迷信」は社会の表舞台から退場し、自然はコントロール可能であるという科学信仰を人はもつようになったのです[※2]。

3.11東日本大震災や世界各地で生じている異常気象を経験してもなお、僕たちは自然を「コントロール可能」なものだと信じたがっています。

※2　レオナルド・ダ・ヴィンチ（1452～1519）やガリレオ・ガリレイ（1564～1642）は科学者としても評価されていますが、15～17世紀初頭までは自然の因果関係を理解する術は魔術や占星術の視点と深く結びついていたといいます。万有引力の法則で有名なアイザック・ニュートン（1642～1727）も錬金術に傾倒していたといわれますが、その理由は同様です（澤井繁男『魔術と錬金術』（筑摩書房、2000））。

たしかに自然は分析可能な部分も多々あります。近代科学や医学の進歩によって、今までは「不治の病」だった肺炎や結核で人が死ぬこともなくなりましたし、車、洗濯機や冷蔵庫のおかげで生活はずいぶん楽になりました。楽になったということは居住や職業選択の自由などをもたらし、人生を選ぶことができるようになりました[※3]。部分的には分析可能なのだけど、けっしてすべてを人間が把握することはできない。自然とはそういうものなのだろうと思います。

外側の自然に限らず、内側の自然ともどのような距離感で接することが必要なのか。冒頭の体調不良の件が「近代以降の人間と自然の関係をめぐる諸問題」と関係しているといったのはこの点です。僕たちは内外の自然とどのように付き合っていけばよいのか。この内外の自然との適切な距離感こそ、僕たちにとって「ちょうどよい」という実感につなが

※3　もちろん僕は近代科学を否定しているわけではないですし、人間が自由で安全に暮らせるようになった背景には、間違いなく近代科学の恩恵があることはいうまでもありません。しかしその過程は資本主義とともにあり、欲望を肯定する歴史でもありました。その結果、人間の欲望と自然を天秤にかけたら、議論の余地なく人間の欲望を優先する社会ができ上がってしまったのです（平川克美『株式会社の世界史：「病理」と「戦争」の500年』（東洋経済新報社、2020））。

るのだと思っています。

たとえば人は一人ひとり違うはずなのに、なぜ現代社会は「ちょうどよく」働くことができないのか※4。こういうふうに考えると、社会をどのように変えていけばよいのかという視点になります。その一方で、そもそも僕たちにとって「ちょうどよい」とはどのような感覚なのかという問いを抱くことも不可欠です。それにより、自分の内面や身体の状態をより細かく知っていくことにもつながるからです。このふたつのアプローチを両方もつことが、「ちょうどよい」につながります。そのヒントを与えてくれるのは、最初に社会契約説を唱えたことで有名なイギリスの思想家・ホッブズです※5。

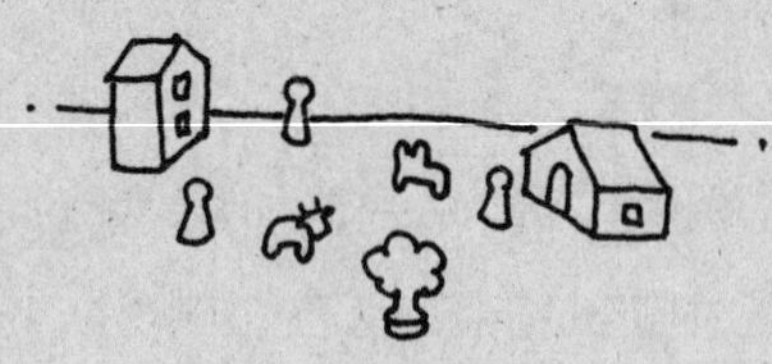

「自然とは、天地を創造し支配するために、神が用いる技のことである。人間の技術はさまざまな事柄において自然を真似る。そう

※4 念のため付記しておきますが、僕は人間がちょうどよく暮らしていた社会が過去に存在していたとは考えていません。存在していなかったらからこそ、そのような社会を常にめざしていく必要があると考えています（ケア・コレクティヴ（著）岡野八代ほか（訳）『ケア宣言：相互依存の政治へ』（大月書店、2021））。

した模倣によって人工的な動物を作ることもできる。〔略〕

人間の技術はそれにとどまらない。模倣の対象は、理性をそなえた被造物、すなわち自然の最高傑作とも言うべき人間にも及ぶのである。実例を挙げよう。まさに人間の技術によって創造されたものに、彼の偉大なるリヴァイアサンがある。リヴァイアサンは国家と呼ばれているが、実は一種の人造人間にほかならない。自然の人間よりも巨大かつ強力であり、自然の人間を守ることを任務としているところに特徴がある」。[※6]

キリスト教徒のホッブズによると、自然は神の用いた技術であり、人間はその神の最高傑作だといいます。そしてその人間が自然を模倣して、自然である人間を守るためにつくったのが国家つまり社会なのです。僕はホッブズほど絶対的な神への信仰をもっていませんし、人間がその被造物の最高傑作だとは思っていません。でもホッブズによると、自然は神の御業でありつつも、その被造物である人間のほうが自然よりも上に

※5　トマス・ホッブズ（1588～1679）はピューリタン革命から王政復古期という、激動の内戦の時代を生きたイングランドの哲学者です。彼は自然状態において個人は自己保存を追求する「自然権」をもっているが、そのままでは人びとは「万人の万人に対する闘争状態」という殺し合いに至るため、互いの権利の保障のために国家権力をつくったのだと主張しました。このような極端な主張の背景には、ホッブズが生きた内戦という時代状況がありました（T. ホッブズ（著）角田安正（訳）『リヴァイアサン1・2』（光文社、2014・2018））。

※6　T. ホッブズ（著）角田安正（訳）『リヴァイアサン1』（光文社、2014）pp.15–16。

あるという。つまり人間のテクノロジーが、自然を守ったり壊したりする可能性があるといっているのです。またホッブズは、自然はコントロールできないからこそ人間の知恵によって抑え込まねばならないとも考えています。

自然はコントロールできないからこそ、人間がそれを「正しく取り扱う」必要がある。僕もこの点には同意します。しかしホッブズの意見と異なるのは、人間のテクノロジーによって自然を「抑え込むことができる」と考えているところです。そうではなく、僕たちにとって本当に必要なことは自然との「正しい接し方」を身につけることではないでしょうか。

僕も自分の身体という自然に対して、不可思議なことが多い神の御業によるものだとしつつも、食べすぎたり、働きすぎたりしてしまっているということは、この自然を抑え込むことができると信じているのかも

しれません。「自然と社会をめぐる関係」こそ、僕たちの世代が考えていかねばならない事柄だし、それは地球の温暖化や異常気象というスケールの大きな話だけでなく、うつ病や双極性障害といった「心の病」も「正しい接し方」ができていない人間社会に対する、身体という自然からのメッセージという意味では同じ問題だと思っているのです。

2021年11月17日（水）　東京からの新幹線の車内にて

青木真兵 拝

LETTER #5

15.12.2021

つくる人になるために

青木真兵 さま

お便りありがとうございます。本を読んでいると、その先に書かれていることがなぜだか読む前にわかってしまうことってありますよね。今回シンペイの文章を読んでいて、「自然」について書かれていたところで僕は「外の自然と同様に身体の中にも自然があるんだよな」って思っていたら、そのあとに、まったく同じことが書かれていて思わずニヤリとしてしまいました。

それとシンペイの壮大な問いが空き家問題に端を発したものだと知り、腑に落ちました。ただ、シンペイが分けて考えていた「直す（リノベーション）」と「つくる（新築）」については、僕が返信の中で書いている身体で空間を思考しながら「つくる」ということには、「直す」もちゃんと含まれていますからね。交換可能な「商品としての建築」をつくるのではなく、なるべく自分事としての「つくる」に参加することで、交換原理に回収されない建築の本質に触れたいと思っています。そのような「つくる」を可能にするのは、身体による非言語的対話であり、その非言語的対話の相手こそ自分の外部としての他者、つまり「自然」だと思っています。

この「外側と内側の自然」と書かれた箇所を読んでいて僕がイメージしたのは、モダンデザインを牽引した20世紀アメリカのデザイナー、チャールズ&レイ・イームズのつくった《Powers of Ten》[※1]という映像作品です。有名な作品なので知っているかもしれませんが、簡単に説明すると、広い芝生の公園でピクニックするカップルの映像からはじまって、ドンドン画面が引いていき、一定のスピードでズームアウトすることで、あっという間に宇宙まで到達します。カメラがとらえる面積が乗数で大きくなっていくことで、スケールについて考えさせられるのですが、宇宙の果て（そんなものは、きっとないのですが）まで行くと今度は、一転して、先ほどまでの映像を逆再生しているようにズームインすることで、宇宙飛行士が地球に舞い戻ってくるかのように降りてきて、再びピクニックしているカップルをとらえます。しかしここで終わらないのが肝で、そこからさらに今度は、身体の中に入っていく。皮膚という境界を突破して細胞の中のナノの世界へとダイブするのが画期的な映像作品なのです。

※1　1977年にチャールズ＆レイ・イームズ夫妻によって製作された9分の短編映像。

まさにイームズが自然の外側と内側の連続性を見事に可視化したわけですが、僕が「自然との非言語的な対話」が大切だと思うのは、こうして自分という身体の内側と外側の自然という環境がシームレスにつながっているという感覚をもつことでしか、その外側に出ることができないと思うからです。なんか、自分でも変なことをいっているようですが、本当にそう思うのです。

どういうことか。それは、非言語的なものと対話するというのは、けっして見ること（視覚）ができない、そこにあるものとしての存在を感じて（知覚）想像することでしか成立しないということ。この想像することを可能にしているのもまた、これまで見てきたもの、伝え聞いたものなどから構成されているはずなので、それぞれがこの頭の中のストック（記憶）を豊かにすることが大事だと思っています※2。イームズの映像作品は、この自分の中にあるごちゃごちゃのおもちゃ箱のようなストックを綺麗に整理してくれる役割を果たしています。

非言語的な対話をするということは、常に内外に広がる自然というけ

※2　じつは同じことをホッブズと宮崎駿監督もいっています。興味があればぜひ探してみてください（T. ホッブズ（著）角田安正（訳）『リヴァイアサン1』（光文社、2014）、鈴木敏夫『仕事道楽 新版：スタジオジブリの現場』（岩波書店、2014））。［青木］

っして全体を理解できない大きな対象を謙虚に洞察しつつも、想像の扉を開けっ放しにすることを意味します。それは言い換えると、外側の世界も内側の世界も、いつだって不確かなものにすぎず、深く観察を続けることでさまざまな感覚が刺激され、入力されることによって自分という存在と外の世界との境界線（関係性）が曖昧になっていくということ。自らの境界線が曖昧であることが、固定しないで、常に動き続けること、変わり続けることを可能にすると思っています。

やはり人間もまた、そうした世界と柔軟かつ伸びやかに対峙し、知的に活動しながら生き延びるためにも、変化し続けること、あるいは変化することを許容する姿勢を前提とすることが大事になってくる。そのためには、シンペイも新刊『手づくりのアジール』[※3]の中で思想家のイヴァン・イリイチを引いていましたが、「両義的で対照的補完性をなす二つの原理」を意識的にもつことが大切だと思うのです。

※3　青木真兵『手づくりのアジール：「土着の知」が生まれるところ』（晶文社、2021）。

生と死や男と女、都市と農村を単純に二項対立させないで、矛盾を排除しない寛大な姿勢で受け入れることで、もっと豊かな視点を獲得し、対立が乗り越えられると思うからです。そうすることで、何か結果を気にして視野が狭くなることが避けられる。むしろ、何事も揺らぐこと（動き）で結果よりもプロセス（過程）にこそピントを合わせることができるように思います。

「結果よりプロセスを大切にする」というなんだか安いキャッチフレーズみたいで平凡なことをいってしまいましたが、これは、目的的に行動しすぎないで「偶然性」に開かれていることを意味します。成果にとらわれすぎないで、ご縁を掴むと言い換えてもよいかもしれません。そして、この考え方を実践する際に大切なことは、「わからなさ」を自覚※4したうえで、肩の力を抜いて身体の内なる声に耳をすませるということにほかなりません。応答することをあきらめない。

シンペイのお便りには体調を崩して救急車に運ばれたと書かれていました（今更ですが、大丈夫ですか？）。そして、そのあとに「僕は何度も同じ

※4　わからなさを自覚することは、ソクラテスのいうところの「無知の知」であり、自分が「わかった気にならない」ためにとても大切なこと。わかった気になるという思考停止を避けるには、常に自分の理解の外側に意識をはたらかせることで、自分の理解可能性を拡張する意識が必要です。加えて、自分を開いて、無防備な状態にすることも学びを起動するうえで大事なこと。

過ちをくり返しています」と書かれていて、やっぱり人間の身体は嘘をつかないんだな、ということがよくわかりました。結局、外の自然と対峙する際に、「違和感」を感じるのは、いつだって頭よりも身体のほうです。合理化された都市に住まうことで、身体が鳴らすアラートを僕たちは感知する術を忘れているのか、不都合なアラートとして聴かないふりをする癖がすっかりついてしまったのではないでしょうか。身体に備わっているセンサーを塞いで生きているのです。先の都市と農村というふたつの原理を同居させるためにも、こうした身体のセンサーの感度を上げて、不快なノイズを取り除くように心の声に丁寧に応答したい。

突然ですが、建築家のヴァルター・グロピウスがドイツのワイマールで1919年に創設した美術と建築を統合する造形学校のバウハウスがあります。ほかにも建築家のハンネス・マイヤーやミース・ファン・デル・ローエに、画家のパウル・クレーやワシリー・カンディンスキーらといった当時一線で活躍する錚々(そうそう)たるクリエイターたちが指導していました。

なかでも写真やタイポグラフィーから造形原理を探究し、バウハウスの思想に多大な貢献をした写真家のラースロー・モホイ＝ナジは次のようなことを述べています。

「デザイナーは中心と同じように周辺を、少なくとも生物学的意味において、一番近いものと一番遠いものを見なければならない。デザイナーは自身の特別な仕事を複雑な全体のなかに繋ぎとめなければならない」。※5

この「一番近いものと一番遠いものを見る視点」こそ、先に述べたデザイナーであるイームズが《Powers of Ten》で表現したものです。しかし、ナジの語っていることは、デザイナーに限ったことではない、と僕は強く思うのです。

人間は、誰もが何かを「つくる」ことで生きています。建築という言葉は、動詞だと構築する「つくる」という意味をもちます。食べること

※5　L.モホイ＝ナジ（著）井口壽乃（訳）『Vision in Motion』（国書刊行会、2019）、p.42。

と料理をつくることの関係のように、衣食住という命に近い行為のすべてが他者と協働しながら何かを「つくる」ことで成り立っています。この「つくる」ことを通して感じられる「喜び」があらためて個々人に問われているように思えてなりません。

そのために必要なことは、ふたつの原理を丸ごと受け入れて「ごちゃ混ぜ」にしてみることです。バウハウスは、わずか13年間でナチスに追われて閉校してしまいましたが、その思想は、のちに合理性を追求したモダニズムという思想として開花します。それは、合目的的な機能主義（Functionalism）や国際様式（International Style）ともよばれて、世界中に広がりました。

モダニズムが説得力のある思想として受け入れられたのは、時代を切り拓く新しさだけでなく、産業革命による技術の進歩もあり、それだけ強い普遍性をもっていたからでしょう。でも、大事なのは、普遍性だけでなく、個別性と混ぜ合わせること[※6]だと思うのです。普遍性と個別性

※6　普遍性と個別性を混ぜ合わせるというのは、抽象性と具体性を混ぜ合わせると言い換えてもいいでしょう。普遍的なことや抽象的なことは、個別的なことや具体的なことと結びつかなければ、意味がありません。普遍的（抽象的）なことを述べるだけではアクションするエネルギーにはなりにくく、そこに個別的（具体的）なことを混ぜ合わせることで物事が動き出すんだと思います。モダニズムが西洋から世界に展開したのは、似て非なるものとして、抽象的なコンセプトがそれぞれのヴァナキュラー（地域的）な具体性と混ぜ合わされたからだと思っています。

は、科学（Science）と詩学（Poesy）と言い換えてもいい。資本主義経済や民主主義といった世の中の大きなシステムが、何事も数値化して査定し、合理化を促している。

しかし、偶然性に寛容なポエジーの力と合理性という理屈をバランスして、同居させる必要を僕は強く感じるのです。ナジは、先の言葉とともに「デザインとは職業ではなく姿勢である」とも述べています。この「姿勢」こそ、くり返し述べている「ふたつの原理を混ぜ合わせること」で保つことができる「姿勢」なのではないか。

だから、バウハウスが発芽させて育てたモダニズムを超越するには、モダニズムを一方的に批判するのではなく、モダニズムの獲得した普遍性を深化させること、具体的にはその土地ならではのヴァナキュラー（土着）な視点を重ね合わせる必要があると僕は思っています。

そのヒントは、僕たちが個別にもつ身体の小さな声に耳を傾けるということです。誰が反復しても同じ「科学」を尊重しつつも、他者と違うことが評価される「芸術」において偶然のポエジーを信じることで可能になる非言語的なものとの対話を大切にすること。意思疎通ができなくても動じないことです。心のゆとりをもって偶然をキャッチできるように待ち受けたい。

イームズが可視化した外側と内側の自然は、科学に属しています。科学とは、宇宙技術からナノ技術までさまざまです。しかし、科学だけでは常に不完全なのです。だから、その外側に出るためには、身体で思考することによって思わぬ点と点を結ぶ科学とポエジーとの往来が欠かせません。ときに立ち止まって、反芻（はんすう）すること。

僕が、建築家として「身体で空間を思考する」ことを大切にしているのは、そのためです。ナジのいう「デザインという姿勢」を示すものと同義だといえます。そのときに大切にしていることは、建築に不可視な生命力が宿っているか否かという判断基準なのです。これは、けっしてデジタルに測ることができませんが、生命力のある空間では、身体が勝手に反応します。頭で考えるより前に、皮膚感覚として空間に応答するのです。空間に宿る生命力を感じるほかありません。子どもを見ていたらよくわかります。生命力のある空間では、子どもたちがうれしそうに、生き生きと走りまわっている。

2021年12月15日（水） 師走の慌ただしい芦屋にて

光嶋裕介 拝

LETTER #6

21.03.2022

お金とは何か

光嶋裕介 さま

お返事がとても遅くなってしまいました、ごめんなさい！　じつは社会福祉士の試験勉強に汲々としていて、お手紙を書く余裕がありませんでした[※1]。とはいえ試験が終わって書きたい内容は決まっていたのに、なかなか書き出すことができませんでした。こういうことってありますよね。僕はよくあります。「ドラクエ」とか「マザー」などのRPGゲームで、あとは最後の敵を倒すだけなのにその直前でやめたくなったり、ある程度やるべきことが見えてきたら関心が持続しなくなったり。たぶん僕はラスボスを倒して世界に平和をもたらすことやエンディングの演出を見ることなどの目的を達成することではなく、その過程の冒険自体に興味があるのだと思います。一方で、このプロセスはゴールを設定するからこそ表れ出るものなのだと、最近気がついたことも事実です。僕にとって目的地に着くことが「本当の目的」なのではない。目的地は「僕にとっての本当の目的」であるプロセスを生み出すためのきっかけにすぎないのだ。なんだか格好

※1　間が空いてしまったため、いつも以上に前回の書簡の内容に触れることなく話が進んでいきます。こういうのもまたリアルかなと。

よくいってみましたけど、お返事が遅れたこととあまり関係がなかったかもしれませんね。

さて先述の通り、社会福祉士の試験を受けました。社会福祉士は国家資格で、僕が従事している障害者福祉の分野だけではなく、生活保護や高齢者福祉、近年の社会の動向や福祉の歴史、法律、行政サービス、現場での対応方法など、出題範囲は多岐にわたります。僕は1年半学校に通信で通って試験を受ける資格を得ました。じつは昨年落ちてしまったので今回はリベンジ。ちょうどその試験会場が大阪だったので、試験帰りにグランフロント大阪で開催されていた光嶋さんの展示※2に顔を出したんです。

でもこの資格を取ろうと思ったのは、必ずしも昇進などで必要だったからというわけではありません。日々の仕事の中で社会福祉のことをもっと知りたい

※2　アートフェア「Art OSAKA 2022」にて、Nii Fine Arts画廊のブースで、《幻想都市風景》などの新作ドローイングを出展しました。［光嶋］

と思ったとき、一番効率よく学べるのが試験勉強なのではないかという思いから受験しました。日々の実践が先にあることで、自分の中に学ぶ意味が存在してくる。ここ最近、このようなルートじゃないと自分は学ぶプロセスに入れないのだなと気がつきました。反対にいうと、「やらねばならない」といくらまわりから言われても、自分の中にその意味が存在しないと動き出すことができないんです。問題なのは、終わってみるとこのように言語化できるのですが、その渦中は「なぜかやる気が起きない」状態でとどまることになってしまうことです。

高校時代、僕は何に対しても積極的になれない人間でした。世界史や社会に関連する科目は好きなので相応の勉強はするのですが、数学、生物や化学、古文や漢文は壊滅的。歴史を勉強したいと大学に入り、埼玉から東京に通学することになりましたが、浦和駅から乗車し、本来なら赤羽駅で乗り換えなければならないところ、そのまま上野駅まで行って博物館や美術館に寄り道したりしていました。いっときの自由は得ましたが、自分は本当は何がしたいのだろうと常に考えていた記憶があります。その転機は大学2年生のとき。新しく赴任してきた先生のようになりたいと思ったことです。それがきっかけで図書館と先生の研究室を往復する日々がはじまり、それ以前の自分では想像もつかないほど、猛烈に読書をはじめました。そう考えると、人によって学びはじめる動機やきっかけはさまざまなのでしょうね。

学ぶ動機は人だけでなく、時代によっても違います。近代社会において教育は国民をつくり上げるための手段であり、優秀な人材を各地からリクルートして国家を強くするためのものだったり、人びとにとっては貧困から抜け出すための手段でもありました。現代ではこうした理由から刻苦勉励するという人は多くないでしょう。現代は学ぶ意味が国家や社会に存在するのではなく、自分たちが見いだしていかねばならない時代なのです。好きなことや関心事は、本来誰しもがもっているはずです。

しかしたとえば、それを認めてくれる家庭環境にいれば学ぶ機会が得られるけれど、そうではない場合は学ぶことを諦めてしまうことのほうが多い。このようにそれぞれの家庭の状況や生育環境によって、人の将来の可能性が左右されてしまうことはよくありません。だから本来は、学びたいと思ったときに学べるように社会資源を整備したり、いくつになっても学びたいと思った人を応援するような社会環境を用意することが、政治や行政の役割として大切なのだと思っています。

今回、試験勉強をする中でおもしろい発見がありました。それは僕が関わっている就労支援が、障害者福祉の中でもマイナーな分野だと知れたことです。就労支援は障害や疾患があって働くことがむずかしい方を支援する制度なので、正確にいうと障害者福祉ですらないというか、生活困窮者とか引きこもり支援とかとも関係するような越境的な分野だといえます。さらに障害者福祉自体が、社会福祉全体の中でけっしてメインではないこともわかりました。

メインではないとはどういうことかというと、国民のうち対象者の数が比較的少ないため、社会福祉全体からすると主要なトピックではないということです。ではメインとは何かというと、高齢者福祉です。現在もさることながら、今後はますます人口が減少していくだけでなく、少子化によって若者よりも高齢者のほうが多くなります。当たり前ですが、高齢者は若者よりも病院へ行く頻度が高いですし、定年退職などで働くことから遠ざかっていったり、ひとりで暮らせなければ老人ホームに入居することになります。そうすると社会保障費が多くかかってきます。その社会保障費は現役世代だけで担うことはできておらず、将来の負担にどんどん先送りされているといわれています。そういう意味で、社会福祉の主な関心事は高齢者なのです。

もちろん、困っている人にメインもサブもありません。とはいえ日本という国民国家における社会福祉全体を考えると、どうしても財政の問題が関わってくる。つまりお金の話です。たしかに、どんどん国の借金が増えて後続世代に負担をかけている状況は、どこかでストップする必要があります。細かく具体的な解決策はさまざまあるかと思いますが、まず僕が日本に圧倒的に欠けていると思う点は、むしろお金以前の話です。なぜならお金は手段だからです。目的地がはっきりしていないのに、どうやって行こう？　いくらくらいかかるかな？　という話ばかりしている気がしています。

たしかに現代社会で生きていくためには、お金がなくては話になりません。だからお金を稼ぐために労働することが、現代社会では常識となっています。でも、はっきりいって僕は、現実を変えようともしないくせにお金の話をしておけば「現実のことを考えている」と思っている大人たちに、飽き飽きしています。小さな頃から、大人はなぜすぐにお金の話をするのだろうと思っていましたが、それは目的がわからないのになぜ手段の話ばかりするのだろうという、僕なりの疑問が底流していたのだなと思います。社会福祉の話に戻すと、まずは何のために予算を確保するのかという理念を示すことが必要なのです。だから僕たちは少子高齢化が進行する日本の状況について、社会保障費が国の予算を逼迫していて大変だと憂うだけでなく、社会として「年をとる」ことを受け止め、衰えや死を内包するやわらかさをどうすれば一人ひとりがもつことができるのか、そしてそれはどのような姿をした社会なのかを構想し、そこに向かって小さな実践を積み重ねていくことが大切です。

そう考えると、衰えや死だけではなく、障害という弱さだったり、赤ちゃんのように目の離せない存在をひとりで育て上げねばならない状況だったり、言葉や文化が違う土地で生きていかざるを得ない環境といった、健常な成人男性を念頭につくられた社会のメインストリームから外れた存在や状況をいかに念頭に置くかが、これからの社会を考えるポイントなのだと思っています。ここで初めて、ではどうやってその社会を実現するかという問いが生まれ、初めてお金の話をはじめるべきだと思っています。

そんなことでいささか強引ですが、光嶋さんはお金についてどう考えていますか？　個人的には、建築とお金の関係はなかなか複雑なのではないかと思っています。というのも、どうしても建築をつくるのにはお金がかかってきます。たとえば個人で家を建てることができるのはお金持ちだけで、家を建てるお金のない人は自分は建築とは関係がないと思う人もいるでしょう。一方で公共建築などを利用するのは国民だったり市民だったりするわけで、そうなるとまた別のお金の問題が出てくる。箱物行政と揶揄されるように、とりあえず建築をつくってしまう地方行政のあり方が批判されたこともありました。一方でニューディール政策※3のように雇用・失業対策としておこなわれることもあると思うので、一面的に批判することはできないとも思っています。

たとえば僕が思い浮かべるのは、ルネサンス期のイタリアです。十字軍の度重なる失敗などもあり権威が失墜していたローマ＝カトリック教会の教皇は、総本山サン・ピエトロ大聖堂の改修に乗り出します。そのためには莫大な費用がかかる。その費用を捻出しようとしたレオ10世は贖宥状（しょくゆうじょう）（免罪符）という、買えば天国に行ける御札を販売し資金調達をおこないます。結果、そのような方法に疑問を呈したドイツの聖職者マルティン・ルターが抗議をしたことがきっかけで宗教改革がはじまり、プロテスタントというキリスト教内の一大潮流が生み出されます。同時に

※3　ニューディール政策とは、1929年にアメリカ経済不況を発端にして起きた世界恐慌の復興策として、フランクリン・ルーズベルトが打ち出した一連の経済復興策のこと（中野耕太郎『20世紀アメリカの夢：世紀転換期から1970年代』（岩波書店、2019））。

レオ10世は、ミケランジェロ、ラファエロといったすぐれた芸術家のパトロンにもなっていたのですが[※4]。

さらに遡れば、文明の誕生も建築と関係があります。人類で最初の文明は川の流れを人工的に調節する灌漑設備をつくることによって食糧生産を増大・安定させましたし、都市を守るための城壁は人びとの安全のために建てられました。神殿は宗教的な意味だけではなく、食糧を再分配するための施設でもあったようです。こういう公共事業も広くいえば建築といえるでしょう。そうするとお金の問題はもとより、権力の問題も関わってくるだろうと思います[※5]。と、話を広げすぎてしまいました。三題噺みたいで恐縮ですが、建築とお金と社会の問題について、光嶋さんの考えをうかがえたらうれしいです。

2022年3月21日（月）　家の中でもダウンが必要な東吉野村にて

青木真兵 拝

※4　当時のローマ教皇レオ10世（在位1513～1521）はサン・ピエトロ大聖堂の改修費のために贖宥状を販売し、結果的にマルティン・ルター（1483～1546）による抗議を招いてしまい、これを端緒に西欧の中世は終わりを迎えます（成瀬治『近代ヨーロッパへの道』（講談社、2011））。

※5　都市文明の誕生と巨大な公共建築物は不可分の関係にあります。たとえばピラミッドの建設も強制労働だったとか、反対に雇用対策だったとか、さまざまな解釈が生まれています（大城道則『図説ピラミッドの歴史（ふくろうの本）』（河出書房新社、2014））。

LETTER #7

16.09.2022

つくることの喜び

青木真兵 さま

お便り、楽しく読ませてもらいました。そして、ゴールとプロセスの話、よくわかります。やっぱり、ゴールがないとプロセスも充実しないし、プロセスを楽しむためには、明確かつ高いターゲットがあればこそ、小さな達成感をコツコツと積み重ねることが可能になるんだと思います。なんでも「程度の問題」といってしまうと元も子もないのですが、デジタルにゴールとプロセスのどっちが大事という単純な話ではなく、ともに関係し合っていて、常に変容する時間の流れの中で自分なりのバランスを保つという意味において、結局は程度の問題ってなることが多いですよね。

そのあとに書かれていた試験勉強と学びについても、同様の構図だと読んでいて感じました。つまり、答え合わせをする勉強は、正解率という絶対的な査定基準があり「点数」によるランキングが容易に成立しますが、個々人の「学び」を発動するには、獲得した点数とは関係なく、与えられた問いに解答するというより、むしろ、自らの実感として問われていることの本質を「問う」という能動的かつ主体的に考えるというプロセスを通らないと、本当の意味での「知る」というゴールにたどり着けない。そもそも「知りたい」という好奇心が湧かないと、自分から考えるというプロセスも、何かをつくりたいというモチベーションも発動しない。

このゴールとプロセスについて、忘れてならないのは、「ゴール」には暫定的な答えというものがあって、プロセスにはさまざまなルートがあるということ。そこには、最短距離で合理的に、もしくは効率よくゴールすることよりも、ときに遠まわりしながら紆余曲折を経たほうが力強くゴールする、あるいはもっと意味のある別のゴールにたどり着くことがあるという、もうひとつの視点をもっておくことがとても大切です。今ちょうど依頼を受けて来春の刊行をめざして本を書いていますが、本づくりも書きたいこと（ゴール）があるものの、書きながら（プロセス）それが変わっていくところに創作という営みの魅力があるように感じています。

加えて、このプロセスは「時間」と同義であり、時間の流れの中にあるもの。しかし、ゴール自体は点として固定されていて、時間としては止まっていることが多い。だから、ゴールは、必ず次なるゴールへの線として変化し、新しい場所へと私たちを導くということがゴールとプロセスの大事な関係性なんだと思うんです。ゴールはいつだって動くということを勘定に入れておきたい。

ゴールを設定する自分と、そのプロセスを経てゴールした自分とで、すでに多くが変容しているということは、物事を思考する「意味」もまた、少しずつ変わっていくということです。時間には幅がある。プロセスにおいて自分の地図が上書きされていくたびに、新しいゴールが発見できるということなのかもしれません。だから「完成を急がない」という姿勢が大事なんです。ゴールに執着しないで、ときに答えを棚上げして、立ち止まるってことが重要です。完成を急がないからこそ、次なるゴールがおぼろげに見えてきたりするものなのです。点が線になり、面として広がっていく。憧れのクリムトの絵画が観たくて初めて訪れたウィーンでエゴン・シーレの絵を前にして、感動のあまり動けなくなったことをふと思い出しました。思いがけないところに宝物があったりするものです。

といいつつも、ゴールが無意味とは全然思わなくて、むしろ、他者にとっては、プロセスが見えないことが多く、結果としてのゴール（作品）の良し悪しに価値があるということも忘れてはなりません。なんだか両義的な物言いになってしまうけど、プロセスが大事といって甘んじることなく、やはり結果としてのゴールこそが大事という強い批評性や批判精神を同時にもちながら創作に向き合いたいと思っています。

ただプロセスを通して自分の中の意味が変わるということは、確かな意味として見えていたゴールが霧のように儚く消えてしまったり、逆にまったく無意味だと思っていたことが、突然違ったものとして魅力的にみえてきたりすることもあるわけだから、頭で理屈で考える意味とか記号とかに過度にとらわれすぎるといけない。むしろ、深く呼吸し、心のつまりを取って、非言語としての身体的なシグナルに耳をすませて直感的に反応することを大切にしたい。

この絶え間ない変化に耐えること、そのためには、やっぱり容易にわ

かった気にならないことが基本的な姿勢として大事なんだよね。複雑でむずかしいものをそのままに、「わからない」状態を受け入れて、思いっきり悩みながらも、粘り強く考えることがプロセスを楽しむこと。身体的な思考をじっくり発酵させると言い換えてもいい。何より、自分の殻にずっと閉じこもってばかりでは息苦しくなり、縮小再生産するばかりになってしまうので、他者への窓を無防備なまでに全開にする。こうしてシンペイと対話を重ねることも、僕の思考を鍛え、地図を更新する最良の方法だと感じています。

さて、そんなことを枕として、ここからは投げかけられた、じつにむずかしいテーマである「お金」について考えてみます。「僕は、現実を変えようともしないくせにお金の話をしておけば「現実のことを考えている」と思っている大人たちに、飽き飽きしています」という今回のお便りのパンチラインを読んで、まったくその通りだとうなずいている自分がいました。そうそう、よくぞ言ってくれました。

この「お金＝現実」という構図が、あまりにも深く私たちの社会の根っこの根っこまで圧倒的に支配しているシステムとして不動であるところに現代の闇の深さを感じます。これは、資本の論理、あるいは都市の論理といえるでしょう。お金という数値化できてがっつり比較考量可能なものが都市を構築し、動かすシステムの大前提となってしまっていることで、人間の思考がどれほど貧しくなっていることか。お金が現実だと思っている人が社会のマジョリティであり、生きる価値として最優先されているのが「お金」という社会は、ものすごく打算的で、貧弱だと思います。だって、お金はどこまで行っても交換可能であり、あくまで豊かさを獲得するための「手段」のひとつであるはずが、すっかり「目的」になってしまっているからです。お金では買えないものがある。

当たり前ですが、お金（紙幣）は、食べることも、着ることも、住まうこともできません。お金は何かと交換することで初めて価値が生まれるわけで、お金を何と交換するかによって価値が大きく分かれます。つまり、お金について考えるということは、個々人が何を幸せと感じるかに関わるため、それぞれの価値観があらわになり、否が応でも幸福論について考えさせられるのです。

そこで、僕は交換可能な「お金」について考えるために、交換不能な「時間」とセットで考えてみたいと思います。見えるお金と見えない時間が、互いに補完することができれば、社会はもう少し寛容で、違った豊かさをそれぞれが見つけることができるのではないかと思うからです。では抽象的な話ではなくて、具体的な建築とお金について、時間という補助線を引きながら考えてみたいと思います。

そういえば先日、夏休みに実家のある奈良に家族で帰省した際に、東大寺南大門（1203）を初めてスケッチ[※1]しました。ポロポロうんちする鹿たちに囲まれながらのスケッチは、ハラハラしましたが、学生時代から幾度となく訪れている大好きな建築をあらためてスケッチしてみると、心が強く揺さぶられる心地よさをまざまざと感

※1　2022年8月15日に描いたスケッチ。口絵参照。

じました。なんといっても時間をまとっているその巨大さが放つ建築がもつ強度、その堂々たる佇まいが醸し出す凛として崇高な姿に惚れ惚れしました。

門なので、通り抜けることができ、外のカオスな世界から東大寺という秩序立った内なる世界への境界線としての「結界」の役割を果たしています。「ここからが東大寺ですよ」というやさしくもはっきりとしたメッセージを、門という建築は発し続けている。それは長い時間の定着によって「おもてなし」の精神が根づかせたものであり、門を通るとなんだか空気が変わったように僕には感じられました。

通り過ぎるためのはずの門だけど、とにかく入って上を眺めてほしい。天井がなく、建築の構造体がはっきりと見えて、がっしりと柱と梁が組まれている架構による安定感があります。日本にまだ巨木があった時代ですから、枝を広げた巨木の森の記憶を思わせる壮大な風景にうっとりして、ずっと眺めていられます。

加えて、入ってすぐに左右に君臨するのは、運慶や快慶ら仏師によってつくられた金剛力士像です。そのエネルギーに満ち溢れる造形が力強く守ってくれているような安心感があり、東大寺にウェルカムされている感覚になるものです。そんなことを書きながら、ふと小学校3年生のときの遠足で初めてこの南大門を通ったときは、このすすけた金剛力士像の筋肉ムキムキの迫力に驚いて子供心に怖かった印象をもっていたことを思い出しました。どうやら、建築の第一印象っていうのは、四半世紀もの時間が経つとゆっくり変わるんですね。

それとやっぱり、門という建築の大事な特徴は、結界とともに風景を「フレーミング」しているという特性です。南大門は、その名の通り東大寺の南にあり、南面する東大寺大仏殿（金堂）を美しくフレーミングしています。今ある大仏殿は、1,300年前に創建されてから鎌倉期と江戸期の二度にわたる消失と再建による3代目となりますが、南大門ができた鎌倉時代から、この風景を当時の人たちも見ていたのかと思いながらスケッチしていると不思議な時間感覚[※2]に包まれて、感慨深いものがありました。

※2　スケッチというのは、対象をよく見ないと描けません。スケッチの魅力は、観察というインプットと描くというアウトプットの両方が同時に混ざり合っているということです。ゆえに、今というこの瞬間を観察しながら、記憶の中にある昔の体験がポッと浮かび上がったりすることで「不思議な時間感覚」が芽生える。

この大きな門を800年以上も前につくったのは、平安末期から鎌倉期を生きた俊乗房重源（しゅんじょうぼうちょうげん）という僧です。建築家ではなく、武士から出家して修行を積んだ山伏であり、僧侶なんです。しかも、人生の晩年の61歳（1181）のとき、南都東大寺焼亡直後に東大寺再建の大勧進職に就き、見事にやり遂げました。今では想像することしかできませんが、現存する大仏殿より高さも幅も広く巨大だったとされる重源による大仏殿は、建久6年（1195）に落慶（らっけい）供養会が営まれました。そして、86歳（1206）で亡くなるまでに、現存するのは《東大寺南大門》と《浄土寺浄土堂》だけですが、東大寺大仏殿の再建のために瀬戸内を中心に7つの建築をつくり、大仏様（だいぶつよう）という稀有な建築様式をひとりで築き上げました。

さっきはつい勢いよく「建築家ではない」と口が滑ってしまいましたが、もちろん重源は、中国で学び得た豊富な建築知識で建設の指揮を執るのですが、何よりすごいのが勧進という建築をつくるための「お金を集めた」ことが建築家という職能の本質を示しているというか、逸脱しているともいえるかもしれません。やっとお金の話になりましたね。私財を投げ打って《サグラダファミリア聖堂》に人生をかけたカタルーニャの建築家アントニ・ガウディ[※3]に重なるところがあります。

建築家の仕事は、クライアントに依頼されるという他者からの要請によってはじまります。建築を設計するというのは、クライアントから渡された夢のバトンを実現するために、より多くの仲間を巻き込んで、高い志をもって建築をつくるということです。希望される建築を予算内につくるのみならず、お金では測れないみんなの想いを建築の中に統合していくのが建築家の仕事なのです。建築というのは、集団的創造物であり、けっしてひとりでつくることができません。

東大寺大仏殿のような大きな建築は、たくさんの木材を必要とし、そうした木材をどのように組み立てるか（技術）はもちろんのこと、どこから調達し、どのように奈良まで運んでくるのかを考えなければなりません。指揮官としての総合的な知識と経験が必要であり、重源は、山伏としての修行やそれまでの僧としての経験からお金を調達する術を熟知していたのです。

※3　ガウディこそ、「神は完成を急がない」というメッセージをモットーに常に最良の建築を思考し続けた建築家。竣工するという結果よりも、つくり続けるその「プロセス」が最も創造的であると信じて、その生涯を建築に捧げた人。

クライアントも平氏から源氏へと変わる時代の転形期です。その激動の中、大仏殿の再建という大きな物語、みんなの夢の実現のために、重源は建築をデザインするだけでなく、つくるためのお金を集めて、再建を実現させたのです。今でいうクラウドファンディングですね。インターネットがないので、当然、足で稼いだお金といえます。単純な手段ではなく、明確な目的があるお金の使い方。重源は、自己の幸せよりも集団の幸せを優先して行動した利他的な人間だったのです。お金を集める目標があり、私腹を肥やすためではなく、他者の夢、もしくは社会のために邁進したからこそ可能だったのではないでしょうか。自分の快楽のためではなく、社会の豊かさに向けて必死に動きまわったというのが鍵だと思います。利他的なお金の使い方は、長い時間を維持するのかもしれません。南大門は、重源がみんなの夢を形にした私たちへの贈り物なのです。

建築家という仕事は、建築の設計と現場監理を主たる生業としていて、建設の総工費のおよそ1割程度をその設計料として報酬をいただきます。

なので、大金持ちになるのは構造的にむずかしいシステムではありますが、お金をたくさん得ることよりも建築を「つくる」ことの喜びは、お金の大小に関係なく、他者の人生に空間という器を提供する喜びがあります。負け惜しみとか強がりではなく、お金とは無関係にとても幸せな気持ちになります。それを他者と共有できるとき、建築が生きられることを実感し、それぞれの記憶の器として日常の時間を重ねていくことに幸福を感じるわけです。時間をまとった建築の美しさを受信する感受性をもっておきたいのは、そのためです。

衣食住が人間の命の中心にあって大切であるように、人間が建築に限らず何かを「つくる」というのは、やはり子どもが積み木遊びしているときのように、理屈抜きに気持ちがいい。何かを構築するという喜びは、クライアントや職人たちと集団で協働しながら複雑な建築をつくっていくこと（プロセス）の時間の中にあり、喜びの中心は不可視な思い、あるいは物語にあると思っています。そこにお金が介在しているものの、あくまでお金は手段であり、それ自体を目的としないこと。お金という交換可能な手段を使って、その場所と、顔の見える人たちのために交換不能な物語を丁寧に、誠実にみんなでつくること。

今、ご縁あって日本を代表する民俗学者の宮本常一が生まれた周防大島にて小さな建築を設計しています。養蜂家のクライアントと島のミツバチを知ってもらうためのミュージアムとおいしい島のはちみつを使った料理が楽しめるカフェ・レストランをつくっています。静かな瀬戸内の海を望みながら、コトコト山陽本線の電車に揺られるのも心地がいいものです。重源のつくった遠い昔の建築に思いを馳せながら、僕も宮本常一が来たら喜んでくれるような空間を、100年後の子どもたちが楽しく遊びまわれるような豊かな時間をまとう建築の姿を想像しています。

2022年9月16日（金）

渾身の第二提案を終えたばかりの周防大島にて

光嶋裕介 拝

LETTER #8

05.10.2022

結界が生み出すもの

光嶋裕介 さま

周防大島で建築を設計中なのですね！　完成が楽しみです。前回のお便りで光嶋さんも書いていた「お金は何かと交換することで初めて価値が生まれる」のは、その通りだと思います。ということは、お金を中心に構築された現代は交換を前提にした社会だということ。言い換えれば、ほかの人と交換できないようなものや人は、無条件に価値がないということになってしまうのです。僕は現代社会が、ますます交換の原理だけになってしまうことを大きく危惧しています。

さて、本当に光嶋さんは全国を飛びまわっていますけど、僕にしてはめずらしく、9月は毎週のように東京に行く機会がありました。彼の地での用事が嫌だったわけではありませんし、ましてや新幹線や電車による長距離移動、重い荷物を背負いつつ人混みを縫っての歩行、慣れないベッドや枕で寝ることだけがその原因ではないでしょう。でも一言でいうと、「意味のわからなさ」に疲れてしまったような感じなんです。

この場合の「意味のわからなさ」とは、僕たちが村に越す前の生活で感じていたものでもあります※1。そこには3.11東日本大震災や原発事故

※1 「意味のわからなさ」の背景には、生きることには意味がある、何かやるときにはその意味を考えなさいと言われすぎて育ったという社会環境がある気がしています。行動を起こす際に必ず理由を求められるというのがそれです。しかし実際の人生や生活はそうではありません。地球も人間も生き物なので、合理的には物事は進みません。人間がつくり出した合理的な都市や社会と、気候変動や震災、なぜだか不調になる身体なども含めた、僕たちの生活とのギャップ。これが「意味のわからなさ」の背景にはあるのだと思います（青木真兵・青木海青子『彼岸の図書館：ぼくたちの「移住」のかたち』（夕書房、2019））。

などの大きな災害、人災があったにもかかわらず、今までと社会の価値観が変わらないことへのいらだち、焦燥感も含まれています。原子力発電所の事故が人類や自然に与える影響の大きさを知ったはずなのに、変わらず原発の「クリーンエネルギー」としての地位が変化しないこともその一例です。原子力発電が使えなくなったとき、火力発電に頼ることが二酸化炭素の排出量を増やすことにつながり、地球の温暖化に影響を与えてしまう。風力や太陽光といった自然エネルギーに代用できればよいのですが、そもそも現在の電力消費量を賄えるのかなど、さまざまな疑問が浮かびます。

これに対し、唯一の解はないのだと思います。何が譲れないことなのか、何をどれよりも優先するかによって解は異なるからです。ソリューションをひとつに絞れないこと、それは仕方がないと思います。ただ人間の力が無力であることや、現在の社会を支えているシステムはそもそも人類がコントロールできないことを自覚する、絶好の機会が3.11だったはずです。しかしそこでいったん立ち止まり、自分たちの生活、社会を考え直す機会や時間を捻出することさえむずかしいのが現在です。今の時代に生きる僕たちは、そんな状況にいるのだと思っています。

東京のビル街を歩き、コンクリートの道の端から生えだしている草、きれいに刈り取られた植え込みなどを見ていると、たしかに人は自然を完全に征服したような気がしてしまいます。でも大雨が降れば川や下水が氾濫し、台風が来ればビルの外壁が剥がれたり、電車は運休します。自然をコントロールすることなどまったくできていないわけですけど、それはたまたま起きたエラーくらいにしか思われていない。一方、村に帰ると圧倒的な自然の力が前提の暮らしが待っています。大雨で道に土砂が広がれば、それだけでしばらくのあいだは通行止めになってしまう。日常レベルでもコンクリートでつくられた橋の上の落ち葉は箒で掃かないと溜まっていく一方だし、強風で落ちた銀杏の実が次の日には1か所にまとまって種だけになっていました。おそらく鹿が食べたのだと思うのですが、なぜわざわざ1か所に集めたのかは不明です。台所ではカマキリがバッタを捕食していたり、朝にはなかった蜘蛛の巣が夜には立派

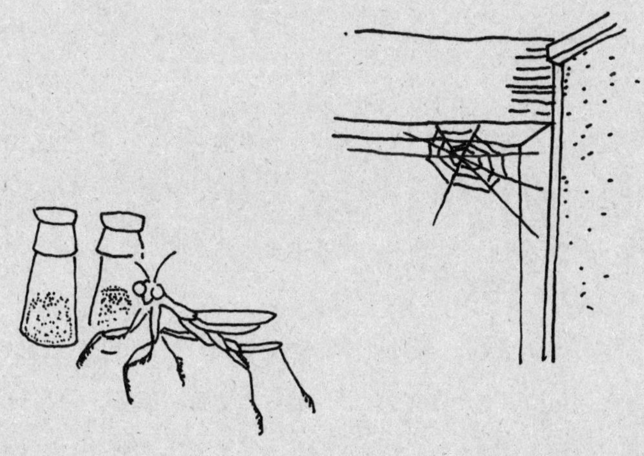

に廊下に張られていたり。僕にとってはこの風景のほうが「意味がわかる」んです。

さて、東大寺南大門の話、おもしろかったです。スケッチもステキでした。関係ないですけど、奈良公園ってちょっと鹿が多すぎますよね。でもああいう人間と鹿の立場が入れ替わったような空間が、都市の真ん中にあるのもいいかもしれません。同じ鹿でも山中に住んでいると駆除の対象だし、もし車と衝突したら物損事故になります。でも奈良公園の鹿は、「神の使い」として保護されています。言うなれば、場所が変わるだけでルールが変わるんですよね。当たり前といえば当たり前なのですが、奈良公園の話から「場所がもつ力」について考えたいと思いました。もちろん場所がもともともっている力という意味もあるし、人が「場所に力を与える」こともあるかと思います。

ルチャ・リブロは自宅兼図書館の建物部分だけでなく、川や山、木々などの周辺環境も含みます。橋を渡って史跡の手前を左に折れ、杉並木を通って建物までたどり着くアプローチもそうですし、庭にある金木犀や梅の木、お茶の木を利用した生け垣、畑や裏にある大きな桜の木もルチャ・リブロなのです。また夏は窓を開けて風を通し、館内が暑ければ下の川に足をつけながら本を読むこともおすすめしていますが、そのときルチャ・リブロの「館内」は川やそこに至る小径、道中に見かけるトカゲをも含むことになります。一方、冬には窓を閉じ灯油ストーブをつけ、場合によってはカーテンで部屋を仕切って暖気を逃さないようにします。冬の「館内」はできるだけ細かく区切られているイメージ。こんなふうに季節に応じて、生き物のように呼吸するのがルチャ・リブロで

※2　日本だけでなく、世界中で古代から川は境界として機能しました。たとえば壁画などに死後の世界を描いた古代エジプト人にとって、ナイル河は生と死の世界を分ける河でもあり、定期的に氾濫し農地を豊かにしたり、魚を捕るための生活の場でもあるような身近なものでした（大城道則（編著）『死者はどこへいくのか：死をめぐる人類5000年の歴史』（河出書房新社、2017））。

す。

ルチャ・リブロを「彼岸の図書館」と名づけた理由はいくつかありますが、なかでも場所性に関わるものとして重要なのは、「川を渡る」というアクションです。もともと日本では三途の川という概念もあるように、この世（此岸）とあの世（彼岸）を分ける境として川がその象徴でした[※2]。つまり「彼岸の図書館」は「死者の国の図書館」という意味なのですが、重要なのは現世か来世かではなく、「別の世界が存在すること」を直感してもらうことなのです。特にルチャ・リブロの場合、川を渡ったときに身体を包む空気の温度が変わることを体感できます。もしかしたら温度計では計測できないかもしれませんが、明らかに「別の世界」を身をもって知ることができる。くり返しますが、この「別の世界」を体感することが現代社会においては死活的に重要だと思っています。

なぜ「別の世界」が大切かというと、僕の提唱する「ふたつの原理を行ったり来たりする」ためです[※3]。冒頭に書いたように、現代社会は交換という原理で成り立っています。しかしひとつの価値観で統一された

※3　資本の原理は現代社会を生きるうえで付き合わねばならないものです。そのおかげでお金さえあれば好きなものが買えたり、反対に自分の商品としての価値を高めればお金をたくさん手に入れることができます。だから僕は資本主義を否定しているわけではありません。しかしその原理だけになってしまうと、本来は生活の手段であるはずのお金によって僕たちの「生」が支配されてしまう。そこに危機意識をもっています（青木真兵『手づくりのアジール：「土着の知」が生まれるところ』（晶文社、2021））。

世界は、ルールが単純なためにそのような世界を望む人は一定数いますが、長く生きていれば必ず息苦しく感じるはずです。かといって生活を「ふたつの原理」で絶対に貫かなくてはならないのではなく、より自由により縛られずに生きていくための「方便」として「ふたつの原理」を想定するのです。常識とされている原理ではない、「もうひとつの原理」の存在を念頭に置くことで、支配的な原理のフレームが見えてきて、より自由に振る舞うことができる。くり返しますが、重要なことは自由に振る舞うための真の「ふたつの原理」を発見し、それに則って社会生活を送るということではありません。そうではなく、その時々の状況に応じて「ふたつの原理」を導入して、行動する範囲を広げるようなことなのです。

話は南大門に戻りますが、光嶋さんも書いている通り、門って結界ですよね。結界はとても重要だと思います。ルチャ・リブロの橋ではないですが、内と外を分ける役割をする結界によって場所の力は保たれ、力を増すのだと思います。たとえば、僕たちは都市ではルチャ・リブロを開くことはできませんでした。どのような人が来るかわからないし、基本的に図書館のような文化的施設は都市的なものです。そうするとほかの図書館と比べられたり、あそこにはコレがあるのにここにはアレがないというような、「消費者的眼差し」にさらされることになる。これは僕たちが望んだものではありません。山村に人文系という言葉を冠す私設図書館をつくったのは、そのような眼差しから逃れるためであり、山村、人文系、私設、このすべてが結界になっているのです。

しかし現代社会において、結界は取り除くべきものとされています。2000年代に入り、小泉純一郎内閣が本格化させた「聖域なき構造改革」という言葉からもわかるように、例外を認めず「ひとつの原理」で社会を覆い尽くすことが、合理的で効率的な良い社会を生み出すと喧伝されてきました。この潮流は新自由主義経済という様式で、1980年代以降、アメリカ、イギリス、ドイツなど世界の先進国から発信されていきました。なぜなら先進国では経済発展が国是とされ、そのためにはできるだけ多くの人の手に渡る可能性があるもの、端的にいうと商品こそが礼賛されるからです。公共的なもののような本来は商品に適さないものでも、値札をつけ商品化することで市場が広がり、儲かる可能性が高くなる。この可能性を追求するのが新自由主義の価値観です。

新自由主義は世界中のものを商品化し、買いたい人が買えるように、つまりお金と交換できるようにすることをめざします。そして商品の基本的な性格は、無限性がその根底にあります[※4]。でも僕は、その潮流自体が文化や伝統、山や海、川や森などの環境破壊、人間の精神的な病や生きづらさを生み出していると考えています。だから結界とは、「有限性」を保証するものでもあります。しかし有限性をもたせるということは、けっして排他的であることを意味しません。限界を設けることには配慮やケアが含まれるからです。釈迦に説法だと思いますが、思えば建築も限界を設けることですよね。屋根や壁をつくったり、部屋の間取りや使い方を決めたり。つまり用途を決めることは、ある意味で「限定していくこと」ではないでしょうか。でも屋根や壁のおかげで雨や風を防げるし、用途が決まっているおかげで家族や友人と集まれたり、自分だ

※4　商品の基本的な性格を基礎づける無限性とは、人間の欲望のことです。好きなものを手に入れたい、あの人がもっていて自分はもっていないのは癪だから絶対欲しいなど、人間の欲望は底を知りません。これを前提に商品は成り立っています（白井聡『武器としての「資本論」』（東洋経済新報社、2020））。

けの時間をもつことができる。そういう意味で、有限性は安心と結びついています。

光嶋さんは南大門を「外の世界から東大寺という秩序立った内なる世界の境界線」とおっしゃっていますが、建造された当時からまさにそうだったのでしょう。一方でそもそも寺院は古代・中世において、アジール[※5]であった歴史があります。つまり、世俗法に基づく社会とは別の原理がはたらく場として寺院は機能していたのです。事によっては犯罪を犯したり、悪人だと言われた人が駆け込んでくることもありました。だから社会のコスモロジーと寺のコスモロジーの違いを明確にすべく、結界としての門の存在は必然だったのだと思います。

『男はつらいよ』でも、団子屋をやっている寅さんの実家の玄関は開けっ放しです。でも寅さんが喧嘩をして出ていってしまったあとの玄関は、寅さんにとって跨ぎにくい結界として作用するし、マドンナが家で待っているときには玄関はまったく結界としては機能しません。それから、旅に出る寅さんを妹のさくらが見送るのは柴又駅だったり、最新作

※5　アジールとは時の支配的な権力が及ばない場所のことで、「聖域」「自由領域」「避難所」「無縁所」などともよばれます。前近代では世界中に存在していて、中世ヨーロッパでは教会や修道院だけでなく、渡船場、水車小屋、領主の館がアジールであり、日本では縁切寺や山中がそうだったと考えられています（網野善彦『無縁・公界・楽 増補』（平凡社、1996））。

の「おかえり寅さん」の最後のシーンは空港が舞台でした。家、駅、空港、これらはすべて内と外を分ける結界に守られています。玄関に扉がなかったり、駅に改札がなかったり、空港に搭乗口がなかったりしたら、その場所は僕たちの知っている家や駅や空港ではないでしょう。むしろ、その場所の場所性を決めているのは結界であり、その結界自体も場所との関係において存在します。しかし内外を分けるための結界は両者を隔絶させるためだけではなく、関係を結び直すためにも機能します。言い換えれば結界は、行ったり来たりするための「ふたつの原理」を発生させる装置にもなり得るのです。

2022年10月5日（水）

急に寒くなってコタツを出した東吉野村にて

青木真兵 拝

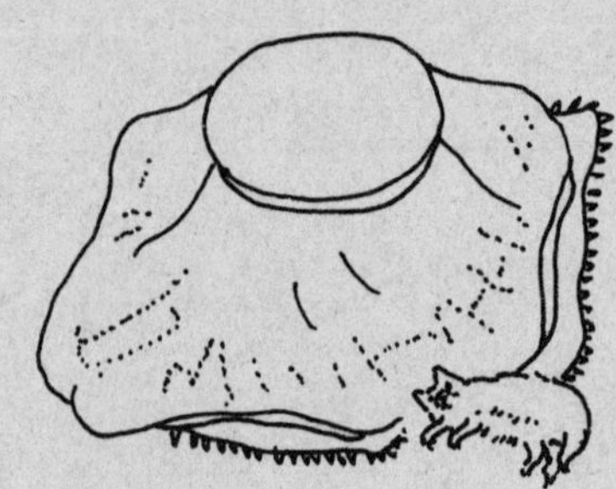

LETTER #9

21.10.2022

生きるための建築

青木真兵 さま

「結界」というのは、たしかに学びの契機かもしれませんね。ふたつの原理を隔てていたり、結びつけていたりして、見方によっては世界の「意味」が違って見えることのサインとして読み取ることができれば、思考はずいぶん広がりそうですね。

ひとつの原理で全体を染めてしまうことは、複雑で不確実なはずの世界をまるで安定した単純な世界であるかのように見せかける方法であり、そういうデジタルでモノクロームな世界では結界というサインは消失してしまいがちです。僕もふたつの原理を往来すること、つまり、この結界を発見しながら世界の意味の変わり目に自覚的でありたいといつも思っています。そのために自分自身の身体のセンサーを開放し、風通しのいい多孔性をキープして世界と対峙したいと思うんです。いわば自分の知の境界線をつくっている壁に穴を穿つこと。自分の基準を試すこと。自分の窓を開くことでしか、豊かな外の世界と交わることができないわけだから。

前にも少し書きましたが、20世紀を代表するビルディングタイプのひとつとして超高層があります。それは、より強く、より高く空へと突き刺さるように効率性というひとつの原理の探究によってつくられた建築の典型です。資本主義を生きる私たちの社会が要請した建築の姿だといえるでしょう。スカイスクレーパー※1は、エレベーターの開発と鉄の溶接技術の発展によって世界中の大都市という大都市にニョキニョキと建設されるようになりました。獲得されたのは、圧巻の眺望です。これまで空を飛ぶ鳥の領域だった鳥瞰的な眺めを人間は日常的に手に入れた。そのために超高層は可能な限り透明なガラスで建築を覆い、遠くまで綺麗に外がよく見えるようにした※2。

けれども、窓が開けられない。視覚的にしか外と接続していないんです。そこに透明な断絶があり、実質的には外の世界から隔離されている。空気を完全に閉じ込めて、空調機によって機械制御しているんです。たくさん電気を使って。ガラス越しに目線は抜けるが、風は吹き込んでこない。熱気も、冷気も入ってきません。まさに有限性の世界ですね。

しかも書いてて思ったのが、人間は超高層によって空気を閉じ込めて

※1　マンハッタンの摩天楼にあってアールデコの優美な装飾が美しい《クライスラー・ビルディング》（口絵参照）は、僕の最も好きなスカイスクレーパーのひとつ。

※2　現代のガラスは0.1mm単位まで平らにつくる技術があり、遠くまで綺麗に見えるが、昔のガラスは表面にわずかな凹凸があり、世界が歪んで見えていた。僕はそんな民家の窓が好きです。

いるが、とてつもなく長い時間をかけてつくられた地球の豊かな生態系を信じられないようなスピードで破壊し、空気さえも人体に害を及ぼすほどに汚し続けているではないか。

こうして世界を切り取り、自らの技術によって世界をコントロールしているかのような人間の過信こそが、異質なものとの混交を避け、社会を分断し、偶然を排除した貧しいものにしてしまっているといえるのではないでしょうか。それが、いかに危険で脆弱なシステムであるか、まさにひとつの原理だけに頼ることにその要因があるんだと思います。やはり、建築は人間を守る機械（シェルター）として存在するだけではなく、人間が主体性をもって、機械のような人工的につくってきた道具たちを能動的に操作することによって生きられることが重要だと思うのです。

「建築が生きられる」というのは、空間を介して、身体で思考すると言い換えることができます。人間が自動制御された機械のような技術だけで建築をつくってしまうと、人間は自らの身体を介して空間と対話することをしなくなり、感性が次第に鈍っていきます。ロボットのように

※3 「空間を介して、身体で思考する」という営みは一人ひとり、個別的なものです。そこには優劣はありません。ただ、この空間と対話する手段を、個としての問題ではなく、集団としての問題ととらえ直してみてはどうだろうか。つまり、自分と空間との対話する作法を他人と違ったものとしてそれぞれが身につけて、集団として育んでいくことができれば多様な社会の多様な建築の生態系が芽生えるのではないだろうか。

感覚が鈍化すると、身体は必ず不調に陥ります。

なので、人間は、空間を介して建築とも、自然とも、自分の感覚でもって対話する術を身につけなければなりません[※3]。動きながら外の環境と関わる相互作用を通して、人はあらゆる事物と応答しながら成長することができます。空間から生命のシグナルを感知することで自らの生命力を高めていく。この成長というのも、身長が伸びるように数値化された成長もありますが、僕は比較考量できない見えない成長を求めてみたい。それは、あるゴールに向かって、直線的な成長ではなく、円環する螺旋階段を上るような感覚で成長していくことが望ましいようなものです。成長というゴールではなく、あくまで探求としての成長[※4]。

そのためには、やはりシンペイのいうように、ふたつの原理を往来すること、常に異なる世界への回路を設けることで、自分にとっての「意味」は生きられるものとなります。つまり「世

※4　この「成長」は、前のお便りで書いた「プロセス」にこそ光を当てることと似ていますね。成長やプロセスを意識するうえで、それらは容易に「数値化」できないこと、他人と比較できないことが大事であり、「物語」に意識を向けると言い換えてもいいかもしれません。

界」をチューニングし続ける試行錯誤が必要になってきます。たとえると、ラジオの周波数に合わせるようにチューニングするってこと。この場合のふたつの原理というのは、善と悪や自然と人工、肯定と否定などの二項対立になりがちです。しかし二項対立に執着してしまうと、なめらかな自己変容はむずかしくなります。肝心なのは、自分の信じる原理を絶対視しないことなのです。

自分の外の世界からの刺激と、自分の内なる世界の遠くに響く小さな声に耳をすませてみることです。この内なる世界（身体）と外の世界（自然）との関わりにおいて「わからなさ」という視点が曖昧な輪郭線を示してくれるのではないか。結界としての門がなくても、わからなさを手がかりにすれば、新たな結界を発見し、ふたつの原理をしなやかに行き来する振る舞いを心がけることができるのではないでしょうか。

要するに、わからないというのは、得体の知れないものとの遭遇であり、無防備かつ不安な状態であっても、むしろ不安定だからこそ、学びを開くチャンスととらえてみたい。自分のわからなさの中にじっくり浸り、

外に広がる世界を自分の中にスポンジのように浸透させること。同時に自分の中の振動を外に滲(にじ)み出すこと。

これって僕たちが日頃あまりに当たり前にしている呼吸とよく似ています。深く肺の奥の奥までたっぷり空気を吸い込む無条件の心地よさ。自分の内なる世界にはない異質なものとしてのわからなさと付き合うことで、感性が静かに育てられていく。思えば、合気道のお稽古だって呼吸法からはじまりますよね。呼吸も、実際は生命を維持するために絶対必要なはずなのに、無意識にしているがゆえに、その大切さや意味を忘れてしまっていることってあるもの。

だから、けっしてわかった気にならないで、自分のわからなさにとどまることです[※5]。わからなさと対峙することを不快とするのではなく、「あわい」という揺らぎの中で自分の中の変わることと変わらないことをしっかり見極めて、点検し、小さな結界を越えていく。ただ傍観するの

※5 「わからなさに耐える力」といえばネガティブ・ケイパビリティを思い浮かべます。今までは答えを出す力としてのポジティブなケイパビリティが必要だといわれてきましたが、「答えのない時代」を生きるうえで、答えがない状態にとどまる力が必要だと思っています(帚木蓬生『ネガティブ・ケイパビリティ:答えの出ない事態に耐える力』(朝日新聞社、2017))。[青木]

ではなく、コミットすることですね。

シンペイも「季節に応じて生き物のように呼吸するのがルチャ・リブロ」って書いていましたが、その感覚とっても共感します。つまり、ルチャ・リブロがシンペイであり、シンペイがルチャ・リブロであるということなんだと思います。身体と環境が未分化な状態であることの証ですよね。自分のボーダーを越えるというアクションが環境と相互に浸透し合うことを可能にする。空間と共鳴する身体を日々チューニングするしかない。

ただ、妙な言い方になるけど、わからなさの中で動きながらとどまることができれば、自分の外の世界に広がる複雑さを受け入れて、自らを伸縮して成熟した成長ができるんだと思います。こうした変容のくり返しは、自我を手放すプロセスでもあるのです。シンペイのいっていた「場所のもつ力」についても、動きながらとどまるように考えてみたい。

僕は建築を設計するとき、「他者への想像力」を大切に設計しています。これは他者の気持ちになってみるってことですが、このときの他者というのは、依頼主や職人など必ずしも人間だけではありません。むしろ、自然との非言語的対話のほうが大切でクリエイティブな気がしています。敷地の隅に生える桜の木や庭に無骨に置かれた石、古い井戸とこれから建つかもしれない建築物の姿について想像しながら対話するのは、率直にいって場所のもつ力に触れてみたいからです。人間の他者とは言葉を介して、人間でない他者とは感覚を介して心で対話する。

友人にすすめられて読んだリチャード・パワーズの小説『オーバーストーリー』[※6]には、人間が森の樹木たちと自然に対話を重ね、その場所から動くことのないブナの木から「とどまる（still）」ことの豊かさを教えられました。

頭ではなく、身体、それも皮膚感覚を研ぎ澄ませていくと、自分ではない外の世界からの入力に対して心で応答することができるんだと思います。そこで交歓（こうかん）される見えないエネルギーを、僕は生命力だととらえています。生命力は、音楽のような響きとして感じられることがある。

場所のもつ力の正体がなんなのかはっきりとは「わからない」けど、確

※6　R.パワーズ（著）木原義彦（訳）『オーバーストーリー』（新潮社、2019）。

かな響きとして感じることに自分なりの意味をその都度与えているような気がします。音楽のごとく、あるいは風景（イメージ）のごとく立ち上がってくる全体性。このわかるとわからないとの往来に納得したり、しなかったりの絶え間ない葛藤によって、自分の価値体系の根底がつくられていく。身体で空間を思考するというのは、こうした点検を怠らないこと（チューニング）なんだと思います。

そんな試行錯誤の連続を僕は楽しみたいと思っています。けっして誰かに答え合わせしてもらう類のものではないけれど、自分の身体が知覚したさまざまなシグナルを自由に味わいながら、自分の中で多様な意味として統合させてみる。昨日の自分が今日の自分をつくっていて、明日の自分へとシームレスに連続しているという感覚が、外の世界との伸縮によって確かめられていく。自分の自己同一性は、自分のまわりの環境によって規定されています。人間と建築はふたつでひとつなのです。

そのような形で場所のもつ力も不確かなシグナルの連続として知覚するということは、自分自身の身体を介した影響によってアクションすることを意味します。場所のもつ力が自己の変容を促す力となっていると考えられるのではないでしょうか。この双方向な依存関係をくり返しているとじんわりと立ち上がる愛着のようなものが、場所のもつ力なのかもしれません。それは、幾重にも重ねられた歴史の痕跡として想像することでしかアクセスできない力であり、自然に対する畏敬の念のように、自らのわからなさと向き合いながらでしか感じることができません。

思えばモダニズム建築がひとつの様式として西洋から生まれて国境を越えて世界中に展開したのは、場所性を排したわかりやすい機能性というひとつの原理がその根底にあったからだと思います。つまり、モダニズムの合理性という原理は、近代の（直線的な）成長を欲望した社会が宿した普遍的な価値観であり、ゆえにモダニズム建築が世界に普及していったといえるのではないでしょうか。人間が建築をつくり、建築が社会を現す。個別的で多様なはずの人間に、あたかも普遍的で共通する建築ができると夢をみさせたのがモダニズムなのです。

ただ、忘れてならないのは、いかなる建築も個別な場所においてしか存在することができないということです。どこにでも通用する建築というのは、いささか無理がある。場所性を排除することは、その場所でなくてもいい平凡な建築になってしまうことを意味します。僕は建築家として、顔の見える具体的な対象（人）のために、その具体的な場所における建築がどのように設計可能かをいつも問いながら仕事をしています。

というのも、世界を旅して感動した建築は、いつだって唯一無二な存在としてその場所につくられた建築だったからです。そこに行かないと体験できない風景があり、それはいろんなものが混ざり合った代替不可能なもののように僕には感じられました。そう、愛されている建築は時間を重ねてその固有性を強化していくんだと実感したのです。そのときに、モダニズムのような強いひとつの原理に頼るだけではなく、それぞれの場所がもつ力を想像し（シンペイがよく使う「土着的」という言葉が放つフィーリングに近い）、その場所ならではの文化や風習を考慮した建築を志向するようになりました。

良いお手本としては、擬洋風建築があります。絵葉書を見ながら西洋の石の建築を見様見真似で日本の大工さんたちが木の建築としてつくった独特な味わい深い表情ある建築です。ふたつの原理、この場合は異なる様式を行き来していて、揺らぎや葛藤がある。大工さんたちの矜恃(きょうじ)が感じられる。長野県松本市にある《旧開智学校》※7などが代表的です。その造形や佇まい、あるいは使用されている素材から感じられる場所性があり、何より地球との関係性において建築を考え抜いているということなんだと思います。

えらく抽象的な話に終始しましたが、要は「シンペイがルチャ・リブロである」と途中で書いたように、場所のもつ力というのは人間によって感じられることでしかその力を示す方法がなく、それも人間がその場所との混交によって自分自身も、その場所も、互いにゆっくり変容していくという方法でしか知り得ないと僕は思っています。建築とは、「記憶の器」なのです。建築は、時間をまとうことで豊かになります。自己と外の世界をしなやかに接続させられたら、狭い予測可能性から飛び出して、意図せぬところにある偶然に新しい意味を発見するかもしれない

※7　2000年7月18日に描いたスケッチ。口絵参照。

のです。であればこそ、自分自身が日常において完全にはわかり得なくても、不確実な境界線にとどまりながら、自らが立つ場所のもつ力と交わっていることを自覚するところからはじめたい。だって、建築空間は、そこで行為する人間の映し鏡なんですから。

2022年10月21日（金）　六甲おろしが吹き下ろす芦屋にて

光嶋裕介 拝

LETTER #10

13.11.2022

現場に立つ

光嶋裕介 さま

こんにちは。「場所のもつ力」は、僕が考えたい大きなテーマのひとつです。そういう意味で、11月3日から5日まで「秋の福岡ツアー」と称して、福岡市にあるナツメ書店さん、ブックスキューブリックさん、うきは市のMINOU BOOKSさんで3日連続のトークイベントをしたことから、大きな刺激を受けました。テーマは「それぞれのアジールをはじめる」というもので、各店主さんと三者三様の話ができました。ツアーを主催してくれたのはMINOU BOOKSの石井勇さん。MINOU BOOKSのあるうきは市は人口3万人ほどの規模で、古い町並みを残しながら利活用しているステキなところです。前回も東京への旅に関する話題だったし、なんだか旅に出た報告ばかりしていますね。

ご存知の通り、僕は基本的にインドアな人間です。夏の海で海水浴をしたり、雪山に登ったりすることはあまり好きじゃない。何か用事がなければ外に出ない人間です。かといって家の中でジッとしているかというとそうではなくて、トークイベントなどの用事をつくって各地に出かけていったりする。でも旅先で名所をめぐったり、有名なレストランに行きたいという人間ではありません。自分のことが自分でもよくわかりませんが、ややこしいですね。

ツアーの初日にトークイベントをしたナツメ書店さんは、博多湾を挟んで対岸の西戸崎（さいとざき）というおもしろいロケーションにあります。博多駅からバスや電車でも行けるのですが、今回は博多埠頭から小さなフェリーで海を渡って行きました。埠頭にはスーパーのような市場のようなお店があって、奈良と比べて魚やフルーツが充実していて九州に来たことを実感しました。船着き場は「西戸崎渡船場」というのですが、駅のかつての呼び名である停車場という響きが好きな僕は、そこにもロマンを感じてしまいました。フェリーから港に降り立ったときには、今まで感じていた波の揺れからバランスを取り戻すことに注力していましたが、歩きながらなんとか平衡感覚を取り戻した頃、馬か牛といった動物と枯れ草の匂いがするなと思ったら、改札を出たところに乗馬クラブがありました。海特有の潮風の生くさい匂いのすぐあとに獣や草の匂いがしてきて、なんだかすっかり落ち着いてしまいました。

その匂いを嗅いでいたら、小さな頃家族で上野動物園に行ったことを思い出しました。僕はたくさんの動物の中で、なぜかアメリカバイソンが大好きでした。動きまわるわけでも愛嬌があるわけでもないのですが、あの大きな体と大きな顔、落ち着いた眼差しに安心感を覚えていたのかもしれません。そのバイソンが発していた匂いと、渡船場を降りたところの匂いが似ていたために、落ち着いた気分になれたような気がします。

気持ちのよい風に吹かれて住宅街を歩いていると、右手に5、6階建てのエメラルド色のかわいいマンションが見えました。マンションといっても、平面的なタイルを貼りつけて個性を出さないようにしている（かのように見える）、ここ20年くらいのマンションではありません。おそらく40年は経っていて、僕の実家と似た雰囲気のマンションだったので、また懐かしくなってしまいました。懐かしい頃を思い出させてくれるナツメ書店さんへのアプローチは、「いつまでも歩いていたい」と思う道程なのでした。

そう考えてみると、僕の行動原理は「いつまでもこうしていたい」と思う感覚を頼りに、さまざまなものに触れているような気がします。残念ながら時間は流れていくので永遠にそのときを過ごすことはできないけれど、あのときの「懐かしい」感覚をもう一度味わいたい、できるだけあのときのような瞬間を味わいたい。そう思って人生を過ごしているような節があります。そう思うと、ずいぶんうしろ向きな人間ですね。最近でも、鳥の声を聞きながら川辺でぼんやりしているときやおもしろい建物がないかしらと住宅街を歩いているとき、山田洋次監督の『男はつらいよ』を観ながら、カーティス・メイフィールドを聴きながら、鶴見俊輔氏の著作を読みながら、「懐かし」さを感じる、あの感覚に少しでも多く触れたいと願っている自分がいます[※1]。

さて、前のお便りでとてもおもしろかったのがスカイスクレーパーの話でした。高層ビルは空を飛ぶ鳥のような圧巻の眺めを手に入れたけれど、窓が開けられない。「透明な断絶があり、実質的には外の世界から隔離されている」という部分にハッとさせられました。なんだか僕たちの社会

※1　我ながらこの感覚を言語化することはとても困難です。万人に共通するものがあるのか、それともただ僕が物心ついた頃の懐かしい思い出を求めているだけなのか。人が「いつまでもこうしていたい」と思う瞬間に必要なものは何なのか。直接関係ないですが、僕にとってこの感覚へのヒントになる本をあげておきます（和辻哲郎『風土：人間学的考察』（岩波書店、1979））。

を象徴している言葉だなと思ったんです。光嶋さんのおっしゃる「透明な断絶」とは、視覚的には見えているから理解できるのだけれど、実感は得られていないとも言い換えることができます。そういう意味で、現代はいかに実感よりも視覚が重視される社会なのかがわかります。少なくとも気持ちのよい風が吹いている場所に住みたいと思う人よりも、人びとを見下ろせるところに住みたい人のほうが多くいるようですし。

視覚偏重も現代社会の特徴ですが、もうひとつの特徴として論理偏重があげられると思います。論理的であることが社会から評価されるので、小学校の頃からプログラミングを学ぶとも聞きます。同時に小さな頃からお金の管理も勉強し、何か行動を起こす際の経費の計算も必須とされます。プログラミングも計算も論理性が求められます。たしかに両方とも生きていくうえで必須の事柄ですが、幼い頃から論理的に考えるように教え、その癖をつけることで、そもそも世の中が論理的に成り立っていると思ってしまう危険性はないだろうかと危惧しています。

たとえば受験のための試験勉強をするということは、少なくともその試験当日まで同じ社会が存在することを前提にしています。未来はわからないのだから試験に意味がないといっているわけではありません。ただ論理的に解答可能なのは試験の中だけで、その外には論理では解けないような不条理によって世界は成り立っていることを意識しておく必要があります。世界は人が理解できない秩序によって成り立っていること、歴史には法則や必然はなく、僕たちはたまたまここにいるという事実。世界にしても歴史にしても、「現時点ではこう説明できる」というひとつの解答モデルがあるにすぎないのです。

人智の至らなさを知るという意味で、まずは「現場に立つ」ことが重要だと思います。もちろん現場はさまざまです。たとえばルチャ・リブロ活動の現場には、自宅を図書館にするための開館閉館業務をおこなうこと、司書席に座って本の貸出返却業務をパソコンですること、お客さんの質問に応えたり、対話をすることなどがあります。歴史学研究であれば、一次史料の現物を見ることはもちろん、それがどこで発見され、何の

ことをどの程度書いているのか、そしてその対象となっている場所に行ってみること。これらはすべて現場を知ることです。

就労支援でいえば、利用者さんと対面して対話することが現場に立つことになります。毎日の訓練としてパソコン操作の助言をしたり、コミュニケーションの仕方を一緒に考えたり、得意なこと、苦手なことの整理を手伝ったり、履歴書や職務経歴書の作成を手伝ったり。就職活動の進め方や生活の悩みについて、ご自身の障害や家族との関係について相談を受けることもあります。そうするとたとえ病名は同じであっても、当たり前ですが個人個人の特性や障害の現れ方はまったく異なることに気がつきます。このように「現場に立つ」ことの重要性は、必ずしも頭で考えた論理通りに話は進まないことを学ぶことにあります。

しかし世界が論理的ではないからといって、論理を学ぶ必要がないわけではありません。むしろ、世界が論理的でないからこそ、論理的思考を学ぶ必要があるのです。しかしその方法が、合理的であるという理由で机上の勉強やパソコンを通じたオンライン学習だけに限定されてしまうと、それこそ現場で身をもって学ぶほうが得意な人が排除されてしまいます。手段を合理化することで、結果的に社会全体のパワーが低下することになってしまうのならば、学ぶ手段を一本化することは長期的には合理的でないといえます。

お金にしてもそうです。現代社会で生活するためには、お金が不可欠なことは言うまでもありません。たしかにお金は便利で、流通しているものすべてと交換することができます。しかしお金が便利すぎて、僕たちは流通しているものだけで世界が成り立っているような気がしてしまう。しかし本当は、この社会の外側はお金で交換できないものに溢れていて、そこから多くのものを得て、商品社会は成り立っています。その社会の外側に目を向けることができないと本当にいいものはつくれないし、搾取の構造にも気づかずに加担することになります。

最近僕は『男はつらいよ』や『学校』などのシリーズで知られる、山田洋次監督の映画を集中的に観ています[※2]。全体として山田監督は「失われたもの」もしくはこのままだと「失われてしまうもの」を選択的に

※2 東吉野村に越してきて、急に山田洋次監督作品を観るようになりました。最初は村の人とのコミュニケーションの参考に『男はつらいよ』を見はじめたのですが、だんだんと山田監督が描いているもの自体に興味が湧いてきました。それは「放っておくと失われてしまうもの」に焦点を当て、映像に残しているからです（切通理作『山田洋次の「世界」：幻風景を追って』（筑摩書房、2004））。

映像の中に残しています。その山田監督が『男はつらいよ』の前、1960年代に撮っていたのが「馬鹿」シリーズです。「ハナ肇とクレージーキャッツ」のリーダー、ハナ肇を主人公にして撮った3本の「馬鹿」シリーズは、『馬鹿まるだし』『いいかげん馬鹿』『馬鹿が戦車でやって来る』と物語としての連続性はないのですが、とにかく「馬鹿」といわれる人を主人公にしています。山田監督のいう「馬鹿」とは、経済合理的な思考ができない人をさします。誰かが「困っている人がいる」といえば、コスパも考えずに人助けをする。そういう人のことを「馬鹿」とよんでいるのです。

これは山田監督がそうよんだというよりも、高度経済成長期を経た人間観を表しているのではないでしょうか。むしろ山田監督はますます合理化、効率化していく社会において、消えゆく人間のあり方として義理人情を重んじる「馬鹿」を愛を込めて描いたのだと思います。僕は社会の中でいかにコスパよく生きていくかばかり考える人よりも、いかに効率が悪くても現場に立ち続ける人間が増えるほうが、複数の価値観が併存するパワーのある社会になると確信しています。そのような社会の実現のために、他人から「馬鹿」と揶揄されようと、何より自分も現場に立ち続けたいと思っています。

2022年11月13日（日）　すっかり紅葉が美しい東吉野村にて
青木真兵 拝

LETTER #11

21.11.2022

偶然性を受け入れる

青木真兵 さま

今回もふむふむとうなずきながらお便りを読ませてもらいました。いま、じつは行きつけの駅前の喫茶店でサラダセットを注文し、酸っぱいドレッシングのかかったサラダと少しだけトーストした薄いフランスパンにハムとスクランブルエッグを挟んだサンドを食べ終わったところです。ブラック珈琲をちびっと飲み、さあ返事を書こうと思ったら、隣の席に座っていた議員さんらしき女性と、会社の役員さんらしき男性が声高に話している内容がもうあまりにも下品すぎて、すっかり心が萎えてしまいました。

というか、隣でこのふたりが話している内容こそ、まさにシンペイの書いていた「合理性」の価値にがんじがらめになってお金ですべての物事を判断する末に行き着く典型のような会話だからです。それは、子どもの教育についてやれ「幼稚園から年間300万かかる」とか、やれ「英語が話せたら生涯賃金が２億違う」とか、やれ「プログラミングができたら初任給が倍になる」とか、延々とお金と教育の話を続けています。それも、ご自身の子どもとかではなく、すべてが「他人(ひと)から聞いた話」として都合よく無責任に語られているのが特徴的で、ひどく当事者意識に欠けている。加えて、どこか「上から目線」なニュアンスが充満する鼻につく会話だったのがキツい。自分が社会の勝ち組であることを1ミリも疑わない強者としての他者への想像力の欠如。挙げ句の果てには、やれ「これがファクト」だの、やれ「誰々を紹介してあげる」だの、やれ「コスパがいい」だのと早口で捲し立てている。

目はつぶれば視覚情報をいったんなくすことができるものの、耳はなかなか蓋をすることがむずかしく、どうしたって声が聴こえてしまう。このふたりの会話にはやたらカタカナが多いことも特徴的で、物事を論理的に考えて、合理的に理解したつもりになると、このような語り口になってしまうものなのでしょうか、やれやれです。

しかし、ふたりのフワフワで薄っぺらい会話を聞いていて心が重くなるのは、人の人生の価値をお金という数値化可能なものに還元し、査定することができるとごく当たり前に思って疑わないその価値観が、僕の中にも少なからずあるからではないかと思うのです。コスパという言葉そのものも、考え方も嫌いだけど、自分の中に深く突き刺さっている価値観のひとつであるからこそ強く反応してしまうのではないか。正直なところ、つい村上春樹風に「やれやれ」と書くのが精一杯の強がりなのかもしれません。

先日発売されてすぐ読んだ斎藤幸平さん[※1]の新刊のあとがきにこのような文章を見つけました。

> 「今のシステムが行き詰まっているとすれば、その解決策は特権集団以外の場所に見出す必要があるということだ。それは、男性、東京出身、高学歴の東大准教授として、この「デフォルト」から多分に恩恵を受けている自分のうちからでてくるものではないし、マルクスを読んでいるだけでは出てこない」。[※2]

これは、僕も常々考えることです。今の世の中のシステムのダメなところを批判的に乗り越えて、より良いものにしようとしても、自分がその

※1 『人新世の「資本論」』（集英社、2020）が大ヒットしたマルクス経済学者。経済と建築で分野は違えど、アメリカで学んだことやベルリンに住んでいたこと、腕時計が同じといった共通点も多く、『大洪水の前に：マルクスと惑星の物質代謝』（堀之内出版、2019）を読んで感銘を受け、会いたいと思って連絡し、僕が実行委員長を務めている建築新人戦2020の審査に参加してもらったのがご縁で、書籍の出版記念として対談したりして交流させてもらっています。

※2 斎藤幸平『僕はウーバーで捻挫し、山でシカと闘い、水俣で泣いた』（KADOKAWA、2022）、p.210。

システムの「デフォルト」から恩恵を受けてしまっていたら、本質的な批判なんてできるのかということ。むしろマジョリティでいることの現状に甘んじて、ついぞ堕落（だらく）してしまうのではないか、と自問するわけです。

たとえば建築の設計教育現場では、設計課題を出して、最終提出物を見ながら教員や建築家たちでクリティークする「講評会」というものがあります。僕も学生時代に自分の作品がA-とかB+とか評価されることよりも、講評会で先生たちからどのようなコメントがもらえるか、最も気がかりでした。講評会での師からの言葉が最も深い学びの契機となったからです。それは、先生が僕に向けた言葉をどこから発しているかが、話している内容の強度と相関していたからこそ発揮されたのです。講評者が僕のデザインを褒めようが、批判しようが、その言葉が自身の建築思想からくるものであればグサッと突き刺さるのですが、自分とは関係なく、浮ついた安全地帯から発せられた言葉であれば空疎なものとしてスーッと蒸発するものです。心にはけっして響きません。声色ですぐわかります。

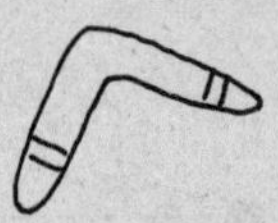

あれから20年近く経過して、自分が大学で指導し、批評する側になってみると、一番気をつけているのが、このことです。つまり「ブーメラン」を意識するということ。やっぱり、学生のことを知識も経験も未熟な存在として見下すのではなく、彼ら彼女らを同じ建築家の卵としてフェアに土俵に立って対話するためには、「昔の俺が言われたらどうなのか？」ということをひとつの基準として検証しながら学生たちの建築作品を批評することが学びを生むということを、僕は確信しています。そんな学びを支援したいのです。

ゆえに、シンペイのいう「現場に立つ」ことの重要性も、この他者への想像力をもつことを意味していると思うし、ブーメランを意識するためには、誠意をもって現場に立つことが大事になってくる。それは、「世の中が論理的に成り立っていると思ってしまう危険性」に対する対処法としては有効だと思います。もちろん、そうはいってもなかなかそういうふうにはできない自分がいることも謙虚に認めなければなりません。それは、もう足早に帰って行った隣のふたりの会話の中にも、どこか自分

※3　斎藤幸平『僕はウーバーで捻挫し、山でシカと闘い、水俣で泣いた』（KADOKAWA、2022）、p.218。

の価値観の琴線に触れる何かがあるからこそ反応してしまっているのではないかということと、構造的には同じだと思うのです。

斎藤さんは、先の引用のあとに「大切なのは誤りを認め、学ぶことだ。それを避けて、同質的な正しさの世界に閉じこもれば、内向きになり、排他的になる。その方がもっとダメだ」[※3]とマジョリティ側に安住する思考放棄を痛烈に批判し、それでもなお「学ぶ」ことが大事なんだと述べています。

この学ぶということのためには、行動することが何より大事であり、それは自己変容を促すことにつながります。このとき、矛盾することや失敗することを過度に恐れると行動する気持ちについブレーキ[※4]がかかります。なので、少しだけ勇気をもって、矛盾や失敗を恐れずに行動することです。行動しないと、自分も社会も変わりません。

そういえば、同じく読んだばかりの藤原辰史さん[※5]の新刊のあとがきにも、この文脈からみて示唆に富んだことが書かれていました。

※4　ブレーキをかけるのは、やはり変わることが怖いというより、今のままが心地よいという「安定」がもたらす「バイアス」がはたらくからだと思っています。不安なものを見て見ぬふりをするような「楽観バイアス」があるように、安定した状態をわざわざ崩すような「変化」を希求するためには「安定バイアス」を解く必要があります。

※5　京都大学で教鞭をとる歴史学者。『分解の哲学：腐敗と発酵をめぐる思考』(青土社、2019)を読んで衝撃を受ける。物事を真摯に、丁寧に、徹底的に考えることをいつも教えられている。藤原さんとも建築新人戦2021の審査をしてもらったり、出版記念で対談をさせてもらったりと、ご縁がある。

「歴史研究は、例外なく、他者による有償無償の援助と、生物・無生物にかぎらない何かとの偶然の出会いにかなり依存している。そして、その出会いによる自己の変容と攪乱を歴史叙述の中に組み込む態度こそが、歴史の断片を拾い集め、その偶発的なつながりを待ち受ける「歴史の屑拾い」の基本的な態度ではないだろうか」。[※6]

やはり、偶然というのは、とっても大切な視点だと思うんです。見栄えのいい商品の溢れる世界において、すべてがあたかも交換可能であると容易く錯覚してしまうと、合理性や効率性だけを求めてしまい、お金という基準だけで社会を見ると大きく見誤ってしまうのではないでしょうか。地球を鋭く観察した生物学者のレイチェル・カーソンが遺作に書いたように、幼い子どもが自然と交わる姿を通して感じた『センス・オブ・ワンダー』[※7]の大切さは、閉塞感にまみれた今こそ丁寧に向き合いたいものです。自分の外にもっと広く豊かな世界があることを信じること、合理性では説明がつかない自然のような「わからなさ」を受け入れ

※6　藤原辰史『歴史の屑拾い』(講談社、2022)、p.186。
※7　R.カーソン（著）上遠恵子（訳）『センス・オブ・ワンダー』(新潮社、1996)。

たうえで、偶然を待ち受けるような心のゆとりと寛大さをもって生きていきたいものです。夜空に灯る月の美しさを立ち止まって眺めるくらいの余裕をもって日々を過ごしたい。

思えば、この偶然性をワクワクしながら受け入れられる姿勢って、「遊び」の中にありますよね。遊んでいるときって、常に次の瞬間に何が起きるかわからないドキドキがある。スポーツと遊びはもちろん同じじゃないけど、僕はアメリカで育った野球少年ということもあって大リーグがとにかく大好きなんです。ついこのあいだまでフィリーズとアストローズのあいだでワールドシリーズ[※8]が戦われていましたが、毎朝見入っていました。

フアン・ソト選手や大谷翔平選手など好きな選手や、子どもの頃から応援している地元のメッツやヤンキースといったチームもいるけど、ファンとして見るというよりは、純粋に超一流のアスリートたちが野球というスポーツをただただ真剣にやっていることで起きるドラマを楽しんでいます。ピッチャーがどんな球を投げるのか、転がった球が芝生でイ

※8　MLBワールドシリーズ2022は、スーパースターのブライス・ハーパー率いるフィラデルフィア・フィリーズと、サイン盗みですっかり悪者となってしまったヒューストン・アストローズが熱戦をくり広げた末、アストローズが優勝した。

レギュラーしてエラーしてしまうとか、筋書きのないドラマでとにかく何が起きるかわからないからおもしろい。ただおもしろいだけで見ているんです。特に野球やアメフトなどのチームスポーツは、どこか社会の縮図のようにもみえておもしろい。大人が本気で遊ぶというか、エンターテイメント（娯楽）なんです[※9]。副音声で観ていることもあり、なんだかアメリカに住んでいた幼少期のイメージと同期することもあって、少年のように無条件で楽しめる。無目的だからこそ、無意味だともいえますよね。これは、シンペイの書いてた「いつまでもこうしていたい」という行動原理に似ていて、特別な理由や意味があらかじめあるわけではなく、ただおもしろくて楽しいことをするのは「ご機嫌に生きる」ためのコツのひとつだと思います。ルールにこだわりすぎないこと。さっきの隣のふたりだったら、野球を勝ち負けで見たり、選手の価値を年棒だけで判断したりするつまらない見方をするのかもしれません。

　では、世界を単純な因果関係でわかった気にならないで、世界をわかり得ない重層的で豊かな偶然性としてとらえるためには、どうしたらい

※9　最近はビデオ判定などで、ゲームのルールに対する厳密性が追求されていて、なんだか人間味が薄れてしまっているような気がします。

いのか。つまり、どうしたら「馬鹿」でいられるのか。僕は『男はつらいよ』もたまたまテレビで流れていたのをシンペイが好きだっていうからちょっと見たことがある程度で、まだちゃんと見たこともないし、山田洋次監督作品もあまり見た記憶がありません。すみません（シンペイに謝ってもしょうがないけど）。ましてや、馬鹿三部作は知りませんでしたが、ぜひ、いつか見てみたいと思います。それよりシンペイの馬鹿の定義が「経済合理的な思考ができない人」というのが、興味深いですね。なるほど。しかし、そういう意味では本当に馬鹿がいなくなりましたね。誰もがコスパを気にして行動する、あるいは行動しない社会ってのは、やっぱり不健全ですよ。

馬鹿といえば、学生時代に初めて読んだ『バカの壁』[※10]という大ベストセラーがありますが、先日その養老孟司先生の処女作『形を読む』という解剖学について書かれた古い本を読んでいたら、すでに「馬鹿の壁」という言葉がその中にありました。

※10　養老孟司『バカの壁』（新潮社、2003）。

「情報の伝達という面から、自然科学で起こる最大の問題は、じつは情報の受け手が、馬鹿だったらどうするか、というものである。相手が馬鹿だと、本来伝達可能であるはずの情報が、伝達不能になる。これを、とりあえず「馬鹿の壁」と表現しよう」。※11

ここで書いていることを展開し、「馬鹿」を漢字ではなく、カタカナの「バカ」に変えて（これもきっとヒットの要因だと思う）一冊の本を書いたわけですが、養老先生いわく馬鹿というのは、「伝達不能な他者」ということになります。この場合に伝達不能なものは「情報」というふうにざっくりしていますが、経済合理性がべっとり染みついた現代の資本主義社会においては、経済合理的な思考のできない人が伝達不能な馬鹿となってしまうってことですね。要するに、伝達可能性とは、伝達するものがどうであるかと、伝達されたものをどのように集団で育てるかという社会や文化の問題であるということですよね。だから対話が大事というなんだかつまらない結論になってしまうけど、馬鹿も個人と集団の問題

※11　養老孟司『形を読む』（培風館、1986）、p.51。

だと考えると、物事をわかった気にならないで偶然に開かれていることがバカの壁ではなく、馬鹿の条件だといえそうだ。であれば、僕も自分の馬鹿さに自覚的でありたい。異質なものを排除しないで、受け入れながら考えてみたい。孤立を恐れずに、自分の言葉や行動がどのように受け取られるかをあまり気にしすぎないこと、要は「空気を読まない」馬鹿になる。

わかりやすい単純さに飛びつくことなく、わかりにくい曖昧さにダイブする。目的性にとらわれすぎず、わからなさに耐えるほどに馬鹿になる。そのために現場に立って、世界との差異をチューニングし、自己変容を続けていくしかない。というのも、馬鹿でいるということは、集団におけるマイノリティの視点を忘れないやさしさでもあるのです。そんな周縁にいると、素朴な問いかけを投げかけることができる。社会の当たり前に揺さぶりをかけること。要は、馬鹿でいることは、子どもでいるってことなのかもしれません。

さっきの遊びにおける偶然性に開かれた姿勢、もしくは構えについて書いていたときも思ったのですが、そのような姿勢って、じつのところ、ものすごく創造的なんじゃないかと。新しいものをつくり出すためには、偶然に対して敏感であり、作為と無作為のあいだで世界を単純な因果関係でとらえない自由で臨機応変な発想が必要です。僕が今、この原稿を書いているMacBookをつくったスティーブ・ジョブズの有名すぎるあの言葉を思い出さずにはいられません。

“ Stay hungry, stay foolish（ハングリーであれ、馬鹿であれ）”

2022年11月21日（月）

心地よいクラシックの流れる行きつけの喫茶店にて

光嶋裕介 拝

LETTER #12

09.12.2022

汗水たらして働く

光嶋裕介 さま

行きつけの喫茶店は「にしむら珈琲」ですね。「少しだけトーストした薄いフランスパンに」の描写ですぐにわかりました。神戸のいいところは海と山が近かったり、各国の料理を味わえるレストランが多かったりといろいろありますが、全国チェーンではない喫茶店が多いことも僕にとっては重要なポイントです。突然ですが、僕はオムラヂ※1を「喫茶店の隣の会話」とよんでいます。何か絶対的な価値があるわけではないから聴き逃してもいいのだけど、なんだか耳をそばだてて聴きたくなってしまうようなラジオという意味です。でも光嶋さんが聴いた会話はできるだけ聴きたくない、耳をふさぎたくなる話ですね。

冬になって、またコロナの感染者数が増えてきましたね。以前光嶋ファミリーも罹ってしまいましたが、僕の友人や職場の同僚の中にも罹患する人がどんどん増えています。特に小さな子が家にいると、ただでさえ風邪をもらってきたりするのに加えて、コロナも運んできてしまいます。でも仕方ないですよね。幼いときこそ何かに直接触れることが大切だと思います。じかに触れることによって、その人や物がもっている物

※1 「オムライスラヂオ」（通称オムラヂ）は僕がライフワークにしている活動です。2014年から雑談を毎週1本以上、インターネットで配信しています（参考：https://omeradi.org）。

質としての豊かさのようなものを感じることができるからです。「のようなもの」といったのは、それが数値化できたり、一言で言い表せたりできるものではないからですし、物質すなわち豊かさとは言い切れないからです。物質から距離をとるソーシャルディスタンスという行動規範は、満員電車での通勤や行きたくもない飲み会という煩わしい物事をなくしてくれて、社会を合理化してくれました。しかし、この「豊かさのようなもの」みたいな白黒ハッキリつけられないものに接する機会を失ってしまったことにも僕たちは自覚的である必要があります。

白黒ハッキリつけられない「グレー」を内包しているものの代表として、本があげられます。本は重たいし場所もとるので、内容のことだけを考えたら電子書籍で充分です。電子書籍だったら持ち歩くのは簡単だし、何冊でも買って、いつでも読むことができます。でも僕は物質としての本が必要だと思っています。物質としての本の特徴のひとつは「見た目」です。読み物ではなくインテリアとして扱うカフェもあるくらい、本にとって「見た目」は大切です。もうひとつは「手触り」です。表紙や本の中身を構成する紙は千差万別です。厚い紙や薄い紙、ザラザラしたものからツルツルしたものまで。また本上部の「天」といわれる部分をあえてカットしない「アンカット」といった技法を使うことで、本を持ったときの手触りはずいぶん違ってきます。

電子書籍はこの「見た目」や「手触り」を排して、本の内容を情報だけに絞ることに特化しています。さらに、本の価値を情報だけだとした場合でも最初から最後まで読むのは大変だから要約でいいじゃないかという議論もあります。むしろこちらのほうが、コスパを優先する現代社会では多数派の意見でしょう。しかしすべての本を要約で読んでしまうと、要約をした人の視点が介入してきます。その結果、すでに誰かが用意した現代的な価値観で本を読むことになります。それは明日のプレゼンには役立つかもしれないけれど、そもそもなぜこのプレゼンをする必要があるのかというような、問いを立てる、言い換えれば自分で考える力を養うことにはつながりません。

自分で考える力とは、前提を疑う力です。問い直す力ともいえます。なぜ自分で考える力が必要かというと、前提が異なれば結果も異なるからです。明日のプレゼンのためにはマルクス全集を読みはじめてもしょうがありませんが、未来の自分のためにマルクス全集を読みはじめることには必ず意味があります。特に時代、地域を越えて読みつがれる古典には、前提が変わってもなくならない価値が含まれています。だからこそ、多くの人に読みつがれているのです。古典だから良いのではなく、良いものだから結果的に古典になっているのです※2。

では本のもつ価値とは何なのか。外見なのか、内容なのか。そのどちらかに決める必要はありません。電子書籍でよいものと、実物の本としてもっておきたいもの。どちらも人が生み出したものなのですから、使い分ければよいと思います。むしろ大事なことは、どちらか一方に決めないこと。どちらか一方に決めたい人には合理的な人が多いはずです。どちらか一方に決めて、その合理性に従って生活を満たしてしまうと、少しおおげさですが、究極的には人間存在の否定につながっていきます。「合

※2　夕書房のnoteで連載中の「土着への処方箋」では、お悩みに対してルチャ・リブロの蔵書から3冊を選んでお応えしています。なかでも僕は「古典」に限定して選んでいますので、ぜひご一読いただければうれしいです。その連載の一部と妻のエッセイをまとめたのが、青木海青子『本が語ること、語らせること』（夕書房、2022）です（「土着への処方箋」『夕書房note』（https://note.com/sekishobo/m/m9a9a2033d23a（最終閲覧日：2023/05/04））。

理性の尺度」であらゆる物事を測ってしまうと、非合理的なものの存在が許せなくなってくるからです。人間の理解の尺度で測れないものは無意味であるという考えに直結してしまう可能性があるんです。

最近、平川さん[※3]からオススメされて成瀬巳喜男という映画監督の作品を集中的に観ていました。背景に戦争が影を落とす男女の恋愛を描いた『浮雲』（1955）や、芸者たちが住む家での生活を撮った『流れる』（1956）。酒屋がスーパーマーケットに変わりゆく時代の地方都市の物語の『乱れる』（1964）などが代表作です。成瀬巳喜男は戦前戦後を生きた監督でしたが、特に戦後は女性に焦点を当てて映画を撮りました。戦後という混乱期において、どうしても女性は社会的に不利な立場に置かれていました。その女性たちが自分の力で生きていくことのむずかしさとたくましさを描きながら、やはり男性中心社会の歪んだ構造も作品からは見て取ることができました。その代わりなのかそうじゃないのか、出てくる男はみんな気弱だったり、優柔不断だったり、決めきれない男たちです。この対比もおもしろい[※4]。

※3　平川克美さんは文筆家で、東京の中延にある隣町珈琲店主です。内田樹先生の同級生で、内田先生との往復書簡も出版されています。僕の中で往復書簡というと真っ先にイメージしたのはコレです（内田樹・平川克美『東京ファイティングキッズ』（朝日新聞社、2007）、同『東京ファイティングキッズ・リターン：悪い兄たちが帰ってきた』（文藝春秋、2010））。

※4　ここにあげた作品はぜひ観てみてほしいです。ちょっとハイソな小津映画とはまた違った良さが確実にあります（川本三郎『成瀬巳喜男：映画の面影』（新潮社、2014））。

以前平川さんとオムラヂを録ったとき、平川さんは小田嶋さん※5と話が合うと言っておられました。理由はお互い町工場のせがれだから。僕自身は町工場にあまり馴染みがなくイメージがすぐに浮かびませんでしたが、またも『男はつらいよ』にヒントがありました。光嶋さんは『男はつらいよ』をほとんど観たことがないとのことだったので、少し説明しますね。主人公は車寅次郎という人で、シリーズがはじまった当初は30代後半の設定です。職業は香具師です。香具師は寺や神社の参道で何やらあやしげな品々を売っている人で、周囲から「まともな職につけ」といつも言われています。その寅さんの妹がさくら。第一話で隣の印刷工場に勤める博という若者と結婚することになります。さくらと寅さんはお父さんが一緒ですが、お母さんが違うきょうだいです。このきょうだいを親に代わって育ててくれたおじさん夫婦が営んでいるのが「とらや」という団子屋です。

『男はつらいよ』の主な舞台のひとつはこの団子屋です。寅さんが帰ってきてはいざこざを起こしたり、反対に寅さんがいるおかげで寅さん

※5　小田嶋隆さん（1956～2022）はコラムニストです。僕は生前お話したことはなく、もっぱら2023年3月31日まで放送していたTBSラジオ『たまむすび』の小田嶋さん出演コーナーを楽しみにする一リスナーでした。

とさくらとおじちゃん、おばちゃんをはじめとする、「血のつながりの薄い」家族に団らんが訪れます。そしてこの団子屋の裏にある朝日印刷所という小さな会社こそ、平川さんや小田嶋さんのいう町工場なのです。朝日印刷所の社長はタコ社長と呼ばれ、たびたび寅さんと喧嘩をし「お前なんかに中小企業の悲哀がわかってたまるか！」と憤ります。町工場のひとつのポイントが「汗水たらして働く」ということです。寅さんは団子屋に帰ってくると、「労働者諸君！」と町工場で働いている職工の若者たちのところに顔を出し、声をかけにいきます。ここで寅さんは「労働をしていない者」の立場から、社長という使用者と職工という労働者の立場を皮肉ります。とはいえ作中では何度か「きちんと働く」ことをめざして、寅さんも定職に就こうとすることがあり、労働自体を馬鹿にしているわけではけっしてありません[※6]。

平川さんは蒲田で生まれ育ち、小田嶋さんは赤羽という、双方とも東京の周縁だということも共通しています。『男はつらいよ』の舞台の葛飾柴又も川を越えれば千葉県という、東京の周縁に位置しています。東京

※6　別のところで切通さんの本も紹介しましたが、『男はつらいよ』だけを扱ったおすすめの本としては以下の2冊です（吉村英夫『完全版「男はつらいよ」の世界』（集英社、2005）、川本三郎『「男はつらいよ」を旅する』（新潮社、2017））。

の周縁という地域性も、「人間が生き物として働く余地」を残していたということなのかもしれません[※7]。『男はつらいよ』のもうひとつの舞台は日本の地方の各地なのですが、そこでは意図的に近代化によって取り残された風景や方言、今後発展によって消えていってしまう景観が映し残されています。

僕は埼玉県の浦和というベッドタウンで生まれ育ちました。上野駅までは電車で20分ほどでしたから、東京の周縁という位置づけができると思います。でもベッドタウンなので町工場があったわけではなく、町工場の雰囲気は僕にはイマイチわかりません。余談ですが、埼玉県の工場地帯といえば川口でした。17歳の吉永小百合が主演をした『キューポラのある街』(1962)にその様子が描かれていますので、時間があれば観てみてください。労働組合が力をもっていて、封建的な職人は「乗り越えられるもの」とされます。また新しい機械が導入され、より効率的に合理化されることがその封建制を乗り越える手段となっている。そんな時代の空気も感じることができておもしろいです。

※7　哲学者のカール・マルクス（1818～1883）は資本主義社会が労働から人間を疎外していくと論じています。このときの疎外とは、「人間が生き物として働く」ことができなくなっていくことを意味しています。『男はつらいよ』は主演の渥美清さんの体調不良もあり、38作以降はさくらの息子つまり寅さんの甥っ子である満男を中心とした作品になります。就職活動などの様子が描かれるのですが、疎外に抵抗している様子が描かれています（斎藤幸平『NHK100分de名著 カール・マルクス『資本論』』（NHK出版、2020））。

さて僕は一人っ子で母が親戚の病院に勤めていたこともあり、母の職場にしょっちゅう出入りしていました。そこで母の働く姿も見ていましたし、患者さんがたくさんやってくる様子も見ていました。母は看護師ではなく受付の事務員でしたが、このときの母の働く姿が僕にとっての働くことの原風景なのです。患者さんという、生き物として弱っている人に声をかけ気づかうというケアワークは、町工場で機械を使って物をつくることとは異なりますが、「汗水たらして働く」ことに本質的に変わりはないと思っています。

「汗水たらして働く」とは、「人間が生き物として社会と関わること」を意味するのではないでしょうか。印刷工場でいうと、印刷をするための機械を人間が主体的に使うことを意味します。人間と機械の関係は、人間が主で機械が従の関係にあります。この関係が逆転してしまうと、現代社会の多くの仕事のように、人間が機械に使われてしまうことになる。機械が便利になればなるほど、機械が主で人間が従の関係になっていきます。すると、限界がなくどこまでも効率的な機械に、有限である生き物としての人間は壊されてしまいます。たしかに「汗水たらして働く」ことは大変です。人命に関わる事態になるのならば、避けたほうがいいでしょう。でも「汗水たらして働く」ことを通じて、もしかすると人間は生き物としての主体性を確保していたのかもしれません。目下ますます合理化が進み、できるだけ「汗水たらさない」ような社会をめざしていますが、それは正しいのでしょうか。

2022年12月9日（金）

最近夜は0度を切っている東吉野村にて

青木真兵 拝

LETTER #13

11.12.2022

自己変容を楽しむ

青木真兵 さま

思えば、今年は春に家族でコロナに罹患し、夏には胆石胆嚢炎で発作があり、人生初めての手術を受けたりして、じつに健康のありがたさを実感する一年となりました。コロナに関しては、ワクチンも2回打って、手洗いうがいを徹底して、不織布マスクもしながらずっと気をつけていたつもりでしたが、家族みんなで罹ってしまいました。えっ、自分たちが？　と驚きました。車で長期移動していたとき、いつも元気な娘が後部座席で突然ぐったりし、熱が出たと思えば、すぐさま僕も関節痛があり、これまで経験したことのないようなズドーンと押しつけられるような疲労感と倦怠感に襲われたのです。車の運転どころじゃなくなったので、妻に代わってもらいました。結局その妻も翌日から悪寒がして、やはり陽性でした。

すでに世間では「濃厚接触者」という定義がコロコロ変わり、僕らが罹患した頃には保健所が追跡できないほどの人数ということもあって「同居家族のみ」が濃厚接触者として外出できない状態でした。とにかく3人で家に閉じこもって「ステイホーム」する羽目になったのです。3人同時に罹患したのが不幸中の幸い。それと、借家ではありますが木造の一軒家に住んでいることも乗り越えるうえで大きい要素だったように今になって思います。というのも、それまで住んでいたマンションと違って、一軒家には水平方向だけでなく、階段があるから垂直方向の移動ができることによって過ごしている場所のイメージを切り替えやすい。自分たちで空間を手入れしながらそれぞれに表情の違った場所をつくることが自分たちの生活を彩ってくれていることを思い知りました。ご飯だって、消費するだけになってしまっていた生活※1から、土井先生の一汁一菜を参考にしてシンプルなレパートリーで自炊する生活を取り戻すことで「つくる喜び」を感じるようになりました。家の中で料理する場所、食べる場所、遊ぶ場所、リラックスする場所などがそれぞれに変化に富んでいると、その都度意識を切り替えて生活を営むことができるようになっていく。

加えて、僕の場合は職住一致しているので、地上階の事務所で仕事もできたし、10日間ものあいだ家の外に一歩も出なくても、思った以上に

※1　外食やお弁当ばかりを食べていると、料理をしていないので、食事を食べるという消費ばかりしていて、料理するという生産行為に関わらなくなってしまう。自炊することで、この生産する「つくる」側に立ってみると、食事の行為がまた違ってみえてきます。

不自由なく過ごすことができたことには、正直驚きました。もちろん、3人とも症状が比較的軽かったことが大きいし、味覚障害などの後遺症もなかったことがラッキーだった。しかし旅先で友人家族にもうつしてしまっていたことを知り、たいへん申し訳ない気持ちになりました。けれども、何より家族や近所の友人たちがたくさん差し入れしてくれたことに僕たち家族はものすごく助けられ、感謝の気持ちでいっぱいです。

娘にとっての初めてのランドセルを背負っての入学式を欠席せざるを得なかったのも悔やまれますが、当の本人はケロッと1週間遅れではじまった小学校生活を保育園時代からの仲良しの友達たちと遊びながら満喫しているようで胸を撫で下ろしています。見えないコロナウイルスは怖いものですが、人と人のコミュニケーションにとって「顔」が果たす役割もまた計り知れないものです。その半分が隠されていることには大きな問題があります。子どもたちのことを思うと、一日も早くマスクなしで、直接的なコミュニケーションをとってほしい。自分から発信することも、相手からのメッセージを受け取ることも、鼻と口を隠されていてはずいぶん不自由だし、マスクを前提とした生活はとにかく不健全です。マスク生活をデフォルトとして育つ子どもたちの将来が不安でなりません。いくら目は口ほどにものを言うとはいっても、やはり子どもたちにはマスクなしで、黙食とか言ってないで、ワイワイ喋りながら、のびのびと学校生活を楽しんでもらいたいと心から願っています。

むしろ、僕としては夏の手術のほうが、コロナより重くのしかかってくるものがありました。それは、大きな仕事が一段落したので、家族でディナーに行ったときのこと。おいしいスペアリブを豪快にいただき、パリパリのオニオンリングもたらふく食べて、好きなコーラもガブガブ飲みました。その日の深夜、急に今まで感じたことのないような嫌な痛みが腹部にあり、何時間も寝られないくらいもがいていました。救急車を呼ばなきゃならないほどの耐えられない激痛というわけではなく、心臓の裏あたりがずっと鈍く痛い、脂汗が出る感じがずっと続くのです。とっても不安な気持ちになりました。吐いたり、下したりすることもなく、体勢を変えたり、患部に手を当てて気を送ってみたりしたものの、継続的に痛みがあり、翌日かかりつけの病院に行ったら、うずらの卵大の胆石が3つあることが判明しました。動物性の脂を摂ると胆嚢から消化酵素である胆汁が出るのですが、その際に炎症を起こして発作があるとのことでした。

僕はこれまで43年間、骨折はおろか、皮膚を切って縫うこともしたことがない健康優良体だったのですが、胆嚢を摘出することになり、思わぬ形で人生初めての入院と手術を経験することになり、ショックでさすがに落ち込みました。全身麻酔でしたが、腹腔鏡（ふくくうきょう）手術という棒のようなものを腹に2か所差し込む形でおこなわれました。腹を大きく切るのではないために体への負担が小さく、術後2日で退院することができました。

初めての手術を経て、やはり自分がいかに弱い存在であるかをつくづく思い知らされることになったのです。人間はひとりでは生きていけないと頭でわかっていても、日々の日常の中に本当の弱さを実感することはなかなかありません。死ぬかもしれないという感情になることもあまりありません。現代人は忙しさに任せて、自分の身体を過信しがちではない

※2　山本浩二画伯は、僕にとっての人生を変えてくれた師であり、学生時代に「設計演習」という授業でのキュビズムについてのレクチャーで衝撃を受けて以来、個展に行かせてもらったり、画伯が拠点としているミラノに遊びに行かせてもらったり、何より、内田先生をご紹介いただいたり、凱風館の道場に《老松》を描いてもらったこと（『増補 みんなの家。：建築家一年生の初仕事と今になって思うこと』（筑摩書房、2020）に詳しい）など、日々、多くを学ばせてもらっている。

でしょうか。僕はスケジュール帳が埋まっていくことを喜びに感じて必死で生きていく中でイライラしたり、不安になったり、知らず知らずのうちに過度なプレッシャーの中でずいぶんストレスを溜め込んでしまっていたんです。そして、病室のベッドで薄いレンタルのパジャマを着て外をボーッと眺めていると、なんだか生きていることの尊さを感じて、すっかりセンチメンタルな気持ちになりました。そして、お医者さんや看護師さんの助けがどれほどありがたいものか、ホント骨身に沁(し)みました。まさに「汗水たらして働く」エッセンシャルワーカーのみなさんに助けられました。やっぱり健康って大事なんだなって、ごくごく当たり前のことに気づかされたのです。健康を失って初めてわかる「弱さ」の自覚は、人間の驕(おご)りを抑制し、謙虚さを知らせてくれたんだと思います。

この人生初入院に、山本画伯[※2]が上梓されたばかりの『ミラノの森』[※3]という本をもっていきました。身体が病んでいるときには、心の栄養が必要だと思って持参した何冊かの本の中で一番先に手に取ってじっくり味わうように読みました[※4]。本ってやっぱり手紙なんだとつくづく思い

※3　山本浩二『ミラノの森』(羽鳥書店、2022)。

※4　入院したときに本を読みたいと思っていましたが、結局読書にも体力が必要で、あまり読めなかった思い出があります。妻がハードカバーの『指輪物語』ももってきてくれたのですが、重すぎて寝転がりながら読めなかったり。読めなかった記憶ばかりです(J.R.R.トールキン(著)瀬田貞二・田中明子(訳)『指輪物語 第1部:旅の仲間』(評論社、1992))。[青木]

ました。それをどこでどうやって、いつ読むのかというのが、大事。著者と読者のあいだで交わされるのは言葉だけでなく、行間に込められた書かれていないものも交換するので、想いのキャッチボールといえるでしょう。

本というのは、シンペイがいうように内容を情報として獲得吸収しているのではなく、その言葉がきっかけとなり、自分の中で変化が起きて、内なる響きとして立ち上がる想いにこそ価値がある。この自分の中の変化というのは、自分の価値観、世界のとらえ方の変化ということかもしれません。こうした読書によって得られる認識の地殻変動は、著者が想定できる類のものではなく、たまたま起きる反応であって、ときに想像をはるかに凌駕するものだったりします。反復性や再現性が最重要な科学と違って、こうした一期一会の言葉がポエジーを内包しているところに芸術としての言葉の豊かさがあるのだと思うのです。

山本画伯の本には、先生の画家として愚直に制作と向き合う「つくる」姿と、異国の地イタリアで出会った同志のような友人たちとの幸福なド

※5　本というのは、根本的に「死者との対話」という性質があります。物質としての本は、これまでの人間の叡智や物語を歴史としてアーカイブしているひとつの大事な形式であり、生み出された本は、生きている人によって書かれているものの、それを死者が読むことはないので、著者の人生よりも長く残る本というものは、やはり死者との対話であるといえるでしょう。だから、幸運にも著者を知っているとなると、本を通して対話する行為が、現実的に本人と対話することと重なっていくおもしろさがあるんだと思います。この往復書簡も、まさにシンペイとの「出会い直し」ととらえることもできますね。

ラマが澄明な文章で紡がれていました。20年以上も前に大学の教室で出会って以来、多くを学ばせてもらっている生身の山本画伯とは違った輝きが画伯の言葉にはあり、とても新鮮で魅惑的な読書体験でした。なんだか山本画伯と出会い直したような不思議な感覚を覚えました[※5]。

そんな画伯も「絵は描かれた世界の情報ではない」と強く書いています。やはり大事なのは想像力であり、世界を知る自分なりの認識なのです。絵を自分なりに考えて自分のものとして翻訳する必要があるのだと思います。すばらしい本には、言葉のもつ新しい関係性を浮かび上がらせるエネルギーが満ち溢れています。見えない想いを見えるようにする力があるのです。画伯の本をペラペラのカーテンで仕切られた病室の中で手術前夜に読み終えると、心がほっこり温かくなり、静かな勇気[※6]をもらいました。

コロナのことと、初めての手術で自分の弱さと向き合うことは、何をもたらしたか。それは、シンペイのいうところの「自分で考える力」の大切さへの気づきです。まさに「前提を疑う力、問い直す力」が、猛ス

※6　静かな勇気というのは、何かを「つくる」ことに対する勇気です。そう、そのままでいいんだよ、と山本画伯が背中をそっと押してくれているように感じたのです。こうした静かな勇気は、すばらしい展覧会を観たあとの「ああ、何かをつくりたい」という気持ちと似ています。僕も展覧会やコンサート、本、映画などからたくさんの刺激を受けることで、もっといい建築をつくろう、もっといいドローイングを描こう、と自分を鼓舞しているところがあります。

ピードで過ぎ去る日常に欠けているのではないか。ちょっと、立ち止まって、少し寄り道するくらいのゆとりがほしいものです。ボーッとする何もしない豊かな時間。

常に何かと接続している忙しさによる安心感は、病気したことによってネットワークから切断されて味わう孤独がもたらす安心感へと変容していきました。ゆえに、純粋に深く読書をすることができたのかもしれません。この深く読書するというのは、著者の言葉がスーッと沁みてきて、自分の中にある世界観が生き生きと反応し、自明であったものが揺らぐ心地よい響きが生まれるということ。それは、川の流れのような、海の波のような美しい風景が見えてくる静かな対話の時間と言い換えてもいいでしょう。そのような状態を整えるのが、孤独なのかもしれません。

自分で考える力を発揮するには、常時接続を一度切断し、孤独の中で集中する必要がある。孤独を抱えると足元が不安定になり、動きが発生します。そうした揺らぎをもつと自分の中の状態が俯瞰的によく観察できるのだと思うのです。自分の内部に集中していると、意識は逆に外部へと同化的に広がっていきます※7。こうした空間と身体との相互作用こそ、身体で空間を思考することの証であり、自分が世界の一部であると実感する瞑想的な時間になっていく。このような世界と自己の関係を頭で理解するのではなく、身体全体で空間が浸透してくるように感覚的に考えることで、次なるアクション（行動）へとつなげることができるようになる。勇気をもってジャンプする感じ。

つまり、僕は二度の身体的不調、病気したことによって自分の弱さを自覚し、孤独になってあらためて自分の心の小さな声に耳をすませてみたら、自分にとって本当に大切なものが何なのかを嫌でも考えざるを得なかったのです。もちろん、魔法のような答えなどありません。でも、それがお金では買えないものであり、ひとりで見つかるものではなく、集団でつくり上げていくものだと思うのです。時間を重ねて丁寧に育てるようなものであることは、僕の地図の中になんとなくみえてきたように感じています。

それは、自由で創造的であるという生き方のことかもしれません。建

※7　この感覚は、僕が合気道のお稽古を通して感じるようになった感覚です。自分の感覚を閉じることなく、無防備なまでに開くことで、外部の環境が自分の中に入ってきて、自分の内部の状況がより明確に感じられ、同時にじわりと外に滲（にじ）み出ていく感じがある。この空間と共鳴する身体のつくり方を、僕は合気道を通して内田先生より学んでいるんだと思っています。

築家である僕は、「つくる」という人間の根源的な欲求に関わることを生業としています。だからこそ「汗水たらして働く」ことを通して、一生懸命に創作と向き合っています。自分自身の認識を常に点検し、自分の地図を更新していくような作品をつくりたいのです。自分の窓を広げて、外部に手を伸ばし、異質なものと交わることで、自己変容（メタモルフォーゼ）を楽しみたいと思っています。

シンペイとの往復書簡は目的地のない散歩のようで、ただただ楽しい。何かを達成するという目標よりも、混ざり合うことで揺さぶられるような対話を重ね、内なる響きを通してその都度新しい自分を発見する。おたまじゃくしから足が生えるような新鮮な気づき。シンペイという他者を通して、自分を知り、自分の中の他者を知るようなサイクルする営み。自分にとっての「おもしろい」という感覚だけを頼りに、自分なりのその時々の正しさを根拠に行動していくこと。マジョリティに安住した思考停止に陥らないためには、舗装された安全な道を歩くのではなく、好奇心と少しの勇気をもってわからない場所へと飛び出していく。自分の五感を頼りに無目的に散歩することを選択したい。一義的で単純な答えはなくても、その時々の思考の痕跡を丁寧に紡ぐことで、実感のある生活を送り、その都度の幸せをみんなで探求したいのです。与えられた都合のいいキャラクターに閉じないで、自由で寛容な生き方を模索しながら実践するほかない。それは、別の言い方をすると、地に足がついた、身の丈に合った生活を整えるということかもしれませんね。ありのままでいいんだよ。

社会の同調圧力などに流されず、とにかく自分のおもしろいや美しいという確かな実感を大切に生きていく。自己の身体感覚を開く。自分で考えて、行動し、偶然性を愛でる余裕を確保しておきたい。豊かな余白のある生活。自己にけっして閉じないで、変化し続ける自分を新たに発見していくためには、これからもシンペイとの対話をまた違った形で、ずっと続けていけたらうれしいです。

2022年12月11日（日）　本が積み重なる事務所の机にて

光嶋裕介 拝

LETTER #14

21.12.2022

分けずに受け取る

光嶋裕介 さま

先日は兵庫県立美術館の石井修展[※1]を解説いただき、ありがとうございました。久しぶりにゆっくりお話ができてとても楽しかったですし、本美術館を設計した安藤忠雄さんの作品と比較する視点[※2]も教えてもらえて新鮮でした。安藤建築の特徴はコンクリート打ちっぱなしのシンプルで近代的なデザインだと思うのですが、石井建築は時代に応じて柔軟に変化しているようにもみえましたし、「これが石井建築だ」という絶対的な特徴があるというよりは、それぞれのクライアントのニーズによってさまざまな形に変化しているようにみえました。しかし目神山に建てた自邸《回帰草庵》は、「建築に外観はいらない」という石井さんの言葉を象徴しているように思いました。

山中に埋め込まれるような形の《回帰草庵》は、一見「自然と共生」しているように思えます。ただ構造はコンクリートでつくっていることもあり、僕からみると「人工物としての家」としての存在感は、それほど安藤建築と違わないような気がしました。《回帰草庵》の自然との共生の仕方は、自然と折り合いをつけるというタイプの「共生」ではないの

※1　関西を拠点にして自然と融合するような建築をつくり続けた建築家石井修（1922～2022）の生誕100年記念展が兵庫県立美術館のギャラリーで開催され、神戸大学光嶋裕介研究室として会場構成をしたり、模型をつくったり、書籍（倉方俊輔・石井修生誕100年記念展実行委員会『建築家・石井修』（建築資料研究社、2022））編集を手伝った。石井先生が主宰した美建事務所のOBである遠藤秀平先生にお声がけいただき、研究室のみんなで勉強しながらお手伝いさせてもらった。［光嶋］

※2　石井先生が54歳のときに建てた自邸《回帰草庵》は西宮の目神山にあり、35歳の安藤忠雄が世界的な名声を得ることになった《住吉の長屋》と同じ1976年に竣工している。20歳近く年齢の違う

ではないか。人間は人間であり、自然とは対峙する部分をもつ存在であるというメッセージを、僕は受け取りました。

ただそれは人間が自然の一部ではないということではありません。そうではなく、自然という絶対的で大きな存在に対し、人間はそれとは負けないくらい主体性や理性をもち、自然と対峙できるくらいの存在であらねばならないという主張を感じたのです。もしかするとこの思想の背景には、科学的思考が弱かったために先の太平洋戦争に突入してしまったという反省が、戦前戦後を生き抜いた人間としてあったのではないかと強烈に感じました[※3]。戦後民主主義が封建的な教育を乗り越えるために近代科学を必須の条件としたように、人間が理性的であることは「自然に身を委ねない」ために、または人間存在であることを手放さないためにとても大事なことだったのではないか。そんなことを石井修展の帰り道で考えていました。

前のお便りで書かれていましたが、光嶋さんは今年コロナだけでなく胆石胆嚢炎もありましたよね。僕もツイッターで状況を知り、あの「健

ふたりは、作風もずいぶん違う。自然の中にその姿を溶け込ませるような住宅をつくる石井と都市に対して閉じた住宅をつくる安藤。コンクリートという素材をともに使っていても、表情が違って感じられる。安藤の強く綺麗なコンクリートに対して、石井のコンクリートは、弱くて荒々しいのである。[光嶋]

※3　同質性を求める日本社会を支配する「空気」について、太平洋戦争時の非合理的な指示や選択などの事例も取り上げて論じられています。必読の書です（山本七平『空気の研究』（文藝春秋、1983））。

康の塊」のような光嶋さんが！　と本当に驚いた記憶が蘇ってきました。相当痛かったかと思いますが、とりあえず大きな後遺症が残らなくてよかったです。病気になるということは、それだけでみると不幸なことですが、そのあとのことやまわりとの関係などにまで視野を広げてみると、けっして不幸なことばかりではないというのが実感です。またこのような「ままならないこと」とどう折り合いをつけていくかが、おおげさにいうと「生きていく」ということなのだろうとも思っています。

さて今週から急に寒くなり、数日前に東吉野村では初雪が降りました。年内に積雪があるのはめずらしく、中でも12月中旬というのはだいぶ早いです。この日はちょうど山學院[※4]の2日目で、朝起きてカーテンを明けたら一面の雪景色が広がっていました。わぁ！　と驚いてワクワクした一方で、参加者の中にはスタッドレスタイヤを履いていない方もいたので、運営側としてはみなさんの状況が気になりました。でも日が昇るにつれて雪も解け、陽光が雪に反射して眩しくなる頃になると「これは大丈夫」と、不安な面持ちだった方々の表情も明るくなっていきました。

※4　東吉野村在住のデザイナー坂本大祐さんと実施している、山中に学びの場をつくるプロジェクトが山學院です。学長は内田樹先生で、初回は2019年6月におこないました。内田先生からは「コンテンツよりマナー、原理より程度」を学訓としていただきました。一から十までやることが決まっている内容（コンテンツ）や社会的なルールを原理的に求めるのではなく、各人が自分にしかわからない「ちょうどよさ」をヒントに、自分の力を最も発揮できるやり方（マナー）を身につけることを目標にしています。

※5　島薗進先生は現代宗教がご専門で、現代社会で起こった事象を宗教学的に読み解かれていらっしゃる著作が多数あります。おすすめは以下です（島薗進『教養としての神道：生きのびる神々』

ちょうど1日目には「人間と自然の関係」について話していたところだったので、「ままならない」自然の力をダイレクトに感じる機会となりました。

山學院、今回のゲストは宗教学者の島薗進先生でした[※5]。テーマは「それぞれのアニミズム」。アニミズムとは万物に魂や精霊が宿っているという考え方で、もともとは最も進化している一神教があり、その前の段階に多神教があり、そのもうひとつ前段階としてアニミズムがあると、文明の発展段階の中で語られてきました。アニミズムは未開の民族の信仰であると考えられてきたのです。このような発展段階論の根本にある西洋中心主義は、1960年代以降、レヴィ＝ストロースらを中心に批判されていき、現在では一神教だから文明的であり、アニミズムだから未開的だとはいえないことは周知の通りです[※6]。

このアニミズムというテーマは、主催である僕と坂本大祐さんのあいだですぐに決まりました。坂本さんも東吉野に越して早15年、僕はもうすぐ丸7年になります。ふたりとも村の外で仕事することが多いのです

（東洋経済新報社、2022）、安藤泰至・島薗進（編著）『見捨てられる〈いのち〉を考える：京都ALS嘱託殺人と人工呼吸器トリアージから』』（晶文社、2021））。

※6　アニミズムとは生物・無機物を問わないすべてのものの中に霊魂、もしくは霊が宿っているという考え方のことです。イギリスの人類学者エドワード・バーネット・タイラー（1832～1917）が定着させました。西洋中心主義は神話研究から人類に普遍的な構造を見いだしたクロード・レヴィ＝ストロース（1908～2009）によって批判されました。直接的な解説ではないですが、僕の大好きな以下の本をあげておきます（中沢新一『カイエ・ソバージュ 合本版』（講談社、2010））。

が、やはり自然に囲まれて暮らすことが自分たちの感受性を規定していると感じています。自然に囲まれて暮らす中で感じる、すべてに精霊が宿っているというアニミズム的感覚について、さらに掘り下げたいと思ったというのが動機でした[※7]。そして今回、島薗先生や参加者のみなさんとの対話を通じて、アニミズム的な感覚とは「物質を要素や情報の集合としてみない」ということではないかという考えに至りました。わかりにくいのですが、ひとつは「そもそもアニミズムって言語化しにくいよね」という意見も出ていたほどで、たしかにアニミズムは言葉にするのがむずかしい。それはそもそも言語化することが「分ける」行為だからなのではないかと思います。そういう意味でアニミズムは「分けずに受け取る」ことではないかと思うのです[※8]。

たとえば、日本で生活する僕たちは食事をするときに「いただきます」と手を合わせます。これは誰に対して言っているのでしょうか。つくってくれた方へのお礼という側面もあるでしょうし、外食の場合はその代金を支払ってくれた方に言っているのかもしれません。もしくは食

※7　暮らしの中でアニミズムを感じる瞬間はいろいろあります。木々がたんに物質として林立しているのではなく、語りかけてきているように感じる瞬間とか、朝の鳥の囀りと陽光の眩しさが重なることで抱く、大きなものに包まれた感覚など。なかなか言葉にはしづらいのですが、やはり自分の内面と外の自然とが同期したときに感じるような気がします。以下の本に僕と坂本さんの対談が載っていて、そのあたりの話をしているのでご一読いただければうれしいです（『山岳新校、ひらきました：山中でこれからを生きる「知」を養う』（エイチアンドエスカンパニー、2023））。

材としての豚や鶏やマグロやカツオ、じゃがいもや人参、ブロッコリーやカブといった、お肉や野菜などの「生命」に対する祈りなのかもしれません。おそらく僕たちは「いただきます」の対象を明確に決めておらず、何か大きなものに対してこの言葉を口にしてはいないでしょうか。このように、対象を明確にはできないのだけれど、でも口にしないと気持ちが悪い感じの根底には、「分けずに受け取る」アニミズムの感覚があるのではないかと思うのです。そして本来自然とは、この「分けずに受け取」らざるを得ない「全体的なもの」に満ちているのです。僕たちは山村で自然に囲まれて暮らすことによって、この「全体的なもの」をそのまま「分けずに受け取る」ための身体づくりをしているのかもしれません。ただこれは、僕と坂本さんの共通点である「体を壊して村に越した」という経験も大きく作用しているように思うのです。

僕と坂本さんが体を壊したのは、一言でいうと「働きすぎ」でした。こ

※8　僕は哲学者の西田幾多郎（1870～1945）のいう、主客未分の状態に近いのだと思っています。知性や言葉によって判断する以前の状態であり、西田がいう「純粋」という状態です（西田幾多郎『善の研究』（岩波書店、1979））。

の「働きすぎ」という現象には、現代社会のさまざまな課題が詰まっています。現代において働くとは「お金を稼ぐこと」を意味します。なぜお金を稼がねばならないかというと、僕たちの生活自体が日本国がお墨付きを与えた「円」というお金で組み立てられているからです。またお金を稼ぐという行為は、自らの労働に対する対価を得るということでもあります。だから自分の労働が正しく評価され、その対価によって満足する生活を成り立たせることができれば、こんなにハッピーなことはないでしょう。しかしそうもいかないのです。

僕がまず思うのは、「労働への正しい評価」を誰がするのかということです。精一杯働いたとしても、それに対する評価は時給800円かもしれません。でもパソコンの前に座ってタイミングよくボタンを押すと、時給100,000円の労働に換算される仕事もあります。たとえば、前者がエッセンシャルワーカーなどの対人の仕事で、後者がデイトレーダーなどの金融業だといえます。僕がいいたいのは、どちらの評価が正しいのかということではありません。でも同じ人間がおこなう「働く」という行為に対して、これだけ評価の差が生じていることは社会として不健全だと思うのです。そしてこの背景には、身体を使う仕事への評価の低さと、頭脳労働への評価の異常な高さという、格差の問題があります。

この身体と脳の不均衡な関係は、村と都市の関係に似ています。もちろん身体と脳はまったく機能が異なるわけですが、このふたつを分けるのは「効率性」です。インプット（労働）とアウトプット（成果）のあいだの時間がより短く、インプットはできるだけ小さく、アウトプットはできるだけ大きいほうがいい。いわゆるコスパです。都市はできるだけ道が直線で、車線の数が多い。村は山の麓や海岸線に合わせてくねくねと道が走っています。もちろん都市でも近代以前の城下町であれば道は直線ではないですし、村であっても山の尾根と尾根を結ぶ稜線を通れば、今では想像もつかないほどの時間で移動することができました。しかし現代は、車での移動を念頭に社会がつくられています。車での移動は速く、たくさん物を運ぶことができ、何より人や動物が文物を運んでいたのと比べて、体力という限界がありません。

ここでやっと話が戻ってきます。僕や坂本さんの「働きすぎ」の背景には、限界がないことを前提につくられた現代社会において、限界をもつ生き物である僕たち人間はどう生きればよいのかという問題があります。ただ僕たちは生き物であるといっても、常にそのことを自覚して生きているわけではありません。どうしたって社会は「無限の欲望」を求めてきます。体が丈夫であればあるだけ、その無限に対して付き合うことができてしまう。「働きすぎで体を壊す」とは、無限を求める要求に応えられなかった、有限の身体からのメッセージなのです。光嶋さんはどうでしょうか。無限の食欲に……ということだったりして。

とはいえ、体を壊すこと、病気になることのすべてにこのような原因があるわけではありません。先天的な要因もあるでしょうし、たまたま複数の理由が重なったことがその理由かもしれません。現象を単一の原因と結びつけて、安易に単純化して考えることには慎重である必要があります。それを踏まえたうえで、石井修展で僕が感じたように、自然の大きな存在を「分けずに受け取」りながらも、人間の理性の力という「分ける」力を信じるような、そんな感性と知性を両輪とするあり方が、これからを生きるうえでは求められているのだと思っています。

2022年12月21日（水）

都会にはない、暗闇のある東吉野村にて

青木真兵 拝

あとがき

終わらないパスまわし：あとがきにかえて

世界がパンデミックで混乱していた真っ只中の2021年9月からシンペイに誘われて不意にはじまった往復書簡は、こうして書籍化によってひとまず終えることになります。最後まで読んでいただき、本当にありがとうございます。この2年弱のあいだ、シンペイと重ねた「お互いの違いを認め合う対話」から僕が受けた影響は、けっして小さくありません。

往復書簡といえば、中学生のときに父の転勤により家族でトロントに引っ越して間もない頃に、日本の親友※1に宛てて書いたのが、僕の最初の手紙だと記憶しています。青いボールペンで濃い黄色い紙に書いた手紙を、あの赤と青に縁取られたエアメールの封筒に入れて出しました。カナダの新しい家の驚きの広さや屋根が開閉する《スカイドーム》（現在は、ロジャース・センターに改名）でブルージェイズの野球を観戦した興奮を手紙にしたためました。日本に帰国すると、漫画『スラムダンク』をむさぼるように読む高校生となり、今度はアメリカにいる家族に部活や寮生活のことを手紙に書いた（ような気がします）。宇多田ヒカルが大ヒットした頃には大学生になっていて、ウォーズマンみたいな初めてのiMacがひとり暮らしの狭い部屋の机の上にドーンと置いてありました。電話回線を使って接続するインターネットも普及し、デジタルなメールをするようになっていましたが、バックパッカーとしてヨーロッパの街をひとり旅するようになり[※2]、旅先からポストカードをよく出していました。誰かにお便りを書くということは、自分の近況を伝えるという主たる目的があります。

しかし、いざ言葉を書き出してみると、自分が感じている（伝えたいと思っている）世界の認識が、自分の拙い言葉のストックではどうにもうまく表現できないという高い壁にぶち当たります。これでは、手紙の相手に伝わらないのではないかと、不安がずっと付きまとう。自分が見ている世界を言葉にするというのは、いつだって不完全な翻訳作業といえます。手紙という形式は、その不断の翻訳作業を介して自分が感じた言葉にならない言葉を伝えるというコミュニケーションの基本的な形です。手紙のすぐれたところは、言葉を紡ぐ「宛先」がはっきりしているということ。未来の自分に向けた記録としての日記と違い、往復書簡は相手（他者）がいないと成立しません。

当たり前ですが、シンペイとの往復書簡は、シンペイに向けて書かれた言葉なわけですが、ふたりのあいだに閉じたダイアローグではないのです。ふたりの言葉には、第三者の視線が考慮されていることが対話の緊張感をつくり、大きな意味をもったように感じています。この第三者の視線をもつことで、何が起きるのか。それは、お互いの言葉を自分の中にグッと受け止めて、咀嚼し、内省しながら次なる言葉を紡いでいく、という終わりなき対話のはじまりであるということです。相手からのパスに反応し、自分で考えて応答する。ときに、シンクロしたり、差異を感じたりしながら、言葉のラリーがポンポン展開する。継続する時間を含んだ対話。このやりとりを通して、相手のことに思いをめぐらせながら心を込めて書いた言葉が、事後的に自分に向けて書かれていることを思い知る不思議な感覚が僕にはしばしばありました。

自分で書いた言葉を自分で読むことで、自分自身を知っていく。もしくは、自分の中の他者を発見する。自分の中の複数性に気がつかされるといえるかもしれません。それは、自分のあり得たかもしれない「もうひとりの自分」と出会うような感覚でした。僕の言葉でいうと「自分の地図」をつくるためには、他者からのパスを起点にして、自己との対話（内省）を通して自分の中の他者性と向き合うことが成熟への道であり、大人になることなのだと思っていました。綿密なパスまわしです。

敬愛する画家のパウル・クレーは「大事なのは、今すぐに何か早熟な作品を描くことではなく、人間であること、または人間になること」※3と22歳のときに自身に向けて書いた日記の中でつづっています。

「自分の地図」というのは、自分の考えていることのメタファーです。鏡を使っても自分の背中は見えないように、自分の考えていることの全体って、はっきり見渡すことができません。すべて断片的なものの集合体なのです。そのときに、すべてが見えないにしても、やはり自分の見たいものだけを見て、都合よく世界を解釈していてはいけないのです。クレーがいうところの「人間になる」ためには、常に他者との対話を通して自分自身もその世界を構成している一部であると自覚し、自分の地図をいつも生き生きと変化させながら描いていかなければなりません。

では、この自分の地図をつくっている自分の価値観は、何を基準にして、どのように変容可能なのか。別の言い方をすると、自分の世界の見方のピントを合わせて、より高い解像度で動き続ける世界を、その時々に合わせて「正しく」とらえることが、自分の地図を描き続ける動機になるのです。

けれども、この「正しさ」というのが一筋縄にはいきません。だって、世界を常に合目的的にとらえて、物事を善悪の二項対立でみてしまうと、必ず世界を見誤ってしまう。とても大切な何かがするりとこぼれ落ちてしまう。自分の感覚が閉じて、鈍くなっていく（思考停止）と、自分と違う異質なものに対してつい不寛容になってしまうものです。要するに自分にとっての正しさは、いろんな状況によって変わってしまうことを勘定に入れておく必要がある。自分で描いた絵を素敵な額縁に入れるだけで違って見えるように、あるいは、その額縁を違った場所に飾るだけで、同じ絵が別のものであるかのように見えることが往々にしてあります。すべては、関係性の中にあるからです。それも、動き続ける関係性の網の中をわたしたちは生きています。

そんな諸行無常な世界を生き抜くためには、やはり自分がしなやかに感覚を開き、自分が考える意味を商品のような損得（査定マインド）から切り離す必要があるのではないでしょうか。自分が感じた言葉にならない入力を自分の地図と照らし合わせて、じっくり検証する「時間の幅」が必要なのです。感覚を開いて受信した違和感を大切にする。安直な答えに飛びつかず、いったん答えを棚上げして、じっくり考える胆力を身につけたい。内田先生は、それを「知的肺活量」というふうにいいます[※4]。

世界の見え方が変われば、物事の意味が変わり得ます。正しさも揺らぎ、目的だってずれていく。関係性の網は、常に動いています[※5]。この関係性の網の中で僕たちの思考も揺らいでいる。それも、ぐるっと180度転換するような動きというより、小さな分岐点を少しずつ歩みながら、ときに後退し、道なき道を進むこともあるでしょう。丁寧な微調整の連続なのです。自分なりの適当なバランス（中庸）を動きながら見つけていく。この歩みを止めないこと、自分のペースで動き続ける実践が「つくる」ことの鍵なのです。

シンペイとの往復書簡は、いわば点数をつけられることのない伝言ゲームのようなものでした。伝言ゲームは、必ずメッセージが変わっていくからおもしろい。勝ち負けのない伝言ゲームには、小さな変化の連続に新鮮な喜びが宿ります。シンペイとの対話が自分の中の他者性への気づきとなったのは、遊びのように無目的にはじまった往復書簡だったからかもしれません。真剣に遊ぶからおもしろい。この伝言ゲームが、お互いの手持ちの言葉を拡張する役割を果たしたのだと思います。

「わからなさ」や「ちょうどよい」、「内と外の自然」に「ふたつの原理の往来」、「身体／生命力」「お金／商品／働く／土着」といった言葉の数々がもつ意味のテクスチャーや奥行きを感じるようになりました。お互いの言葉づかいのわずかな差異によって、それぞれの言葉の肌触りが変わり、言葉の意味が乾いた大地に染み込む雨のように広がっていく。言葉のリソースの地平線が延びていったのです。言葉の意外性と未知性が、お互いの手持ちの言葉を鍛えてくれた。この小さな変化は、意図した作為的な言葉よりも、思いもよらぬ偶然の言葉によって学びに導かれることが多かったようにも感じています。

何かを「つくる」ことのおもしろさは、ここにあるのです。つくる前は、何ができるかわからない（ブリコラージュ；レヴィ＝ストロース）。あらかじめ設計図を描いて、建築をつくろうとしても、予想もしなかった空間が立ち上がることがある。それは、建築が自然という人間の力を圧倒する制御不能なものを対象として畏怖の念を抱きながら接しているからこそ感じられるのかもしれません。不可視なもの、非言語的な対話の結果、建築ができるからかもしれません。太陽の光には、コンピューター・シミュレーションでは表現できない一回性という美しさがあります。ルイス・カーンの《キンベル美術館》で崇高な光を浴びたとき、僕は建築家になりたいと強く心に決めました[※6]。

何かを「つくる」ことで重要なのは、贈り物を届ける宛先を明確にすることだと先ほどいいました。というのも、贈り物を差し出した者は、事前には想像もしなかった返礼が他者（贈り物の宛先と違うことも多い）から届いたときに、初めてその喜びを確かな実感として味わいます。思いも寄らぬ返礼が、過剰な贈与として受け止められたとき、わたしたちはそれを次にパスしないではいられなくなる。シンペイとの往復書簡も、もらいすぎたギフトをパスするような楽しい伝言ゲームだった。シンペイは、「まえがき」で「シュートを打つ」ことについて、次のように書いていました。

「僕にとって「シュートを打つ」とは、社会的な立ち位置や周囲からどのようにみられているかをいったん脇に置いておいて、その枠からはみ出したとしても「やらねばならないときがある」「言わねばならないことがある」、そう感じたときに行動を起こすこと」。

うまいこといいますね。この「シュートを打つ」という行動（アクション）は、僕がイメージしている「つくる」という言葉とほとんど同義です。そして、この「シュート」というのは、打ったあとにゴールしたか、外れたかという結果の良し悪しにかかわらず、次なる行動につなげていくという意味において、「パス」といったほうが的確かもしれません。終わりなき対話という、パスまわし。それは、目的の達成に向けられた直線的な時間ではなく、パスが行き交うループ（循環）した時間であると、僕は考えています。

僕たちふたりの個別的な日常を往復書簡の中に書いてきたわけですが、そこには同時代を生きた者としての共通性や普遍性のようなものがうっすら浮かび上がっているようにも感じました。何も特別なことではありません。反復する些細な日常の中に、つくる喜びへの回路、自然との多様な接点がたくさん横たわっていることを、僕たちは違う場所から同じ時間を生きながら、言葉で紡ごうとしたのではないかと、今になって思います。

僕らの往復書簡には特定のテーマ（目的）もなければ、ゴールもありません（だから、パスまわし、しつこい……）。往復書簡という形式が初めての試みではあるものの、僕たちの対話は、やっぱり終わらない。四季の変化のように、同じようで同じじゃないくり返しとして、これからも続けていくことでしょう。だって、僕らは同じ志をもった同志なのだから。知的テンションが上がり、お互いのパフォーマンスが向上するような対話は常に現在進行形であり、エンドレスなのです。信頼に基づいた対話は、ループし、パスはまわり続けます。実際、書籍の編集段階になって、読者のための「注釈」を入れはじめたら、すっかり第二ラウンドの往復書簡がはじまってしまい、ものすごい文字数になりました（このうしろにある「後日譚」としてまとめられています）。

積み残しも、あります。最後の手紙（#14）にあったアニミズムや有限性と無限性について考えることは、建築においても、時間においても、地球においても、考えなくてはならない大事な視点であり、人間の生と死の問題にもつながっていくでしょう。

往復書簡として続けるのか、また違った形式になるかはわかりません。僕たちは、わかり得ない世界（自然）と豊かに関わり、自分らしく時間をかけて身のまわりの環境を手入れすることで、少しでも生きやすい世界を自らつくるほかありません。変わり続けるためには、失敗を恐れないことです。むしろ、失敗にこそ次なる変化の萌芽があるのですから。他者との開かれた対話を丁寧に重ねることで、つくる人になる。だから、シンペイとのパスまわしが、これからもずっと続くと宣言したところで、ひとまず筆を置きたいと思います。

最後になりますが、副題にあるように「若き建築家と思想家による往復書簡」という無謀な企画を書籍としてまとめてくれた編集者の面高悠さんに深く感謝します。まさに、最初の読者としての「第三者の視線」からどうなるかわからない僕たちの往復書簡をやさしく見守ってくれました。コロナ禍の生きづらい日常にあって、心を込めて手紙を書くことがお互いの言葉を通して小さな救いになっていく瞬間に立ち会えたことがうれしかったです。また、シンペイのパートナーである（あえていつも通りの呼び方で）あこやんがじつにすばらしいイラストを描いてくれたことで、僕たちの往復書簡が唯一無二の本になったと感じています。あのバイソンがいつしか自分にしか見えなくなっていました。ホントありがとう。

シンペイも、体には気をつけて。また、どこかで会いましょう！

みんなが、つくる人になるために。

光嶋裕介

※1　同じ少年野球のチームメイトで、初めて映画館に行き、アーノルド・シュワルツェネッガー主演の『T2』（ジェームス・キャメロン監督、1991）を一緒に観ました。出会って四半世紀以上が経つ今、彼の家を設計しています。

※2　自分の目で世界の建築を見てやろうと、学生時代にしたひとり旅や大学を卒業してから働いたドイツでの経験を書いた拙著『建築武者修行：放課後のベルリン』（イーストプレス、2013）を参照願いたい。

※3　W. ケルステン（編）高橋文子（訳）『クレーの日記 新版』（みすず書房、2009）、p.474。

※4　僕たちの往復書簡のお手本のような指南力のある一冊『東京ファイティングキッズ・リターン：悪い兄たちが帰ってきた』（内田樹・平川克美（バジリコ株式会社、2006））の中にあるターム。

※5　生物学者の福岡伸一が提唱する「動的平衡」の考え方に共感しています。

※6　ルイス・カーン（1901～1974）：モダニズムを牽引した20世紀を代表するアメリカの建築家。学生時代に代表作の《キンベル美術館》（1972）（口絵参照）と《ソーク生物研究所》（1965）、《ブリティッシュ・アート・センター》（1966）を見たことで、自分の夢を確信した名建築たち。

後日譚

LETTER #1　from Y. K.

< 奥アマゾンにいる先住民族についてのドキュメンタリー番組 >（p.3）

僕は、スポーツかドキュメンタリー番組しか見ないといっても過言ではないくらい、寝られない夜は、いつもノンフィクションの世界の物語に見入っています。なかでも、このNHKスペシャル「ヤノマミ：奥アマゾン 原初の森に生きる」（2009）は、人間の進化と文明、集団で住まうことの意味など、多くを考えさせられた衝撃の番組でした。

< 地図をつくるということは、それまでつくってきた自分の地図をその都度ちょっぴり壊すこと >（p.6）

子育てを通して感じることとして、子どもが積み木やレゴで何かを「つくる」とき、ハラハラするものの、「壊す」ときのほうが豪快で、とても気持ちがよさそうだということ。何かをつくってそれを大事に保存しようとする過去（歴史）に重点を置きがちな大人に対して、子どもは、あっさりと壊して、また新しいものを「つくる」次なる未来のほうを向いている傾向が強いように感じます。

< つくるということは、壊すことで初めて可能になる >（p.6）

「つくるということは、壊すことで初めて可能になる」というのはおもしろいですね。壊すことを恐れていてはつくり続けることはできないのでしょう。たとえば本を出し続けていると、外からみられるイメージがだんだんと固まってきます。そのイメージが世間に受け入れられてしまうと、ますますそれを壊しにくくなるということもあるでしょう。僕も東吉野村に越して来るまでは、「研究者だったらこういうことはしないだろうな」というイメージに絡め取られていた気がします。移住して新しい生活をはじめたことで、そのイメージを壊すことができた。そこで初めて「つくる」ことのスタートラインにつけたのかなと思っています。〔青木〕

<何事においても因果関係をはっきりと理解して「わかった」気になりたいというふうに思いすぎていないでしょうか>（p.9）

以前『暮しの手帖』に掲載された僕たちの記事のタイトルが「わからないって、面白い」でした（『暮しの手帖』13号、2021）。多くの人がわからない状態を不快に思うのは、やはり生活する空間が都市だからではないかと思うのです。基本的に都市は人間によって設計されてできています。もちろん古代からそうやって都市はつくられてきたわけですが、近代になると近代科学が発展し、設計自体が精密になり、それを実現できるテクノロジーも進歩します。つまり近代科学の合理性でつくられた空間で生活し続けることが、「わからないものはないはず」という社会通念を生んでしまっている。その結果、わからないという状態を不快に思う社会を生み出しているのではと感じています。〔青木〕

<一対一対応するわかりやすい意味>（p.11）

病気になって初めて健康のありがたみを知り、二度と病気になりたくないから、その原因を突き止めたいと誰もが思うことでしょう。しかし、病気というのは、単純な因果関係ではなく、複雑な要因が重なり合った結果であり、単純な一対一対応すると考えることに無理があるように思うのです。脳科学者の池谷裕二は『脳はすこぶる快楽主義：パテカトルの万脳薬』（朝日新聞出版、2020）の中で「がんは不運です」（p.23）と書かれていて、そうだなと深く納得しました。原因を知りた

いし、良くないものは改善したいけど、あまり因果関係を考えすぎてもしょうがないと思うことがたくさんあります。ほどほどに、ケセラセラ。

< 図面は仮想上のものであり、極端にいえば、抽象的な概念です。紙の上の記号なのです。対して、現場は物質的でリアルなもの >（p.11）

図面と現場間の光嶋さんの葛藤や、大工さんとの具体的なやり取りについてもっと聞いてみたいと思いました。そうか、これを書いていて初めて思い当たりましたが、光嶋さんのいう「地図」って図面に近いのかもしれませんね。デジタルな思考とアナログな感性のバランスについて、またお話ししたいですね。と思っていましたが、もしかしたら以前奈良蔦屋書店でのトークイベントが近い内容なのかも。どんなことを話したのかはすっかり忘れてしまいましたが、ご興味のある方はいつでも聴けるのでぜひ（「【『山學ノオト』刊行記念】「ポエジーとテクノロジー」」『オムライスラヂオ』（No.429/2021.2.10）。［青木］

< 廊下の寸法を少し広げていくと、広い廊下となり、それは小さく細長い部屋にもなり得るのです。ここに、余白として可能性が誕生します >（p.12）

すごくおもしろいですね。単純な因果関係の機能主義をどう脱するか。たとえば道路でも、そこを通るのが車なのか、人なのか自転車なのか。犬を連れたいひとりの人なのか、若者が多いのか、高齢者が多いのか。障害者や日本語の読めない人を想定しているか、などなど。すべてのニーズに完璧に応えることはむずかしいとしても、その想定範囲によってその場所のデザインは変わってきます。そうすると、そもそも道という建て付けじゃないほうがいい、という結論もあるかもしれない。それくらい柔軟な思考をもっていたいし、それって偏差値の高さというより、どんな社会をイメージしてるかが関わっているような気がしています（広井良典『人口減少社会のデザイン』（東洋経済新報社、2019））。〔青木〕

LETTER #2　from S. A.

<『三島由紀夫 vs 東大全共闘：50年目の真実』>（p.18）

　ドキュメンタリー好きとしては、もちろんチェック済み。僕はなんといっても、この映画の中で赤ちゃんを肩車しながら三島に食ってかかるヒッピーのような芥正彦という人が印象に残りました。彼の尖った態度にも、たとえ共感しなくても「対話」の回路を見つけようとする三島由紀夫の「大人な構え」にすっかり魅了されました。対話を通して、完全なる合意形成などない。むしろ、お互いの差異を通して、自らの考え方をほぐして、より風通しのいいものにできるか。この映画は1969年がもっていた時代の閉塞的な空気感のようなものに対する若者の秘めたエネルギーをよくパッケージしていて、今と比較する意味においても示唆に富んでいる。［光嶋］

<「そもそも、建築はつくられ続けなければならないのでしょうか」>（p.23）

　往復書簡に対する「力み」が感じられます。

LETTER #3　from Y. K.

< 畳をつくることを生業としているクライアント > (p.26)

岩手と鹿児島というまったく違う場所から、しかし同じ畳職人からの依頼とはおもしろいですね。凱風館が合気道の道場兼私邸だったことで、光嶋さんには畳の間のイメージがあるのでしょうか。〔青木〕

<「何（what)」を問う前に「誰（who)」について考えること > (p.28)

こういうことに考えをめぐらせると、結局行き着くのは、建築の倫理という問題です。建築家の倫理ともいえるかもしれません。何のために建築をつくるのか、今こそ「倫理」が問われているように思えてなりません。というのも、昨年敬愛する建築家・吉阪隆正の回顧展が東京都現代美術館で開催され、そこに27歳の吉阪が書いた「一生かかってやりたい仕事」と題した日記（1944年12月28日）が展示されていたんです。そこに書かれていたのが、「世界中の人間が、お互いに相手の異なった立場を理解し合へる様な状態に結びつけることである。その時ほんとの平和が到、人類は眞に幸福に天極を地上に招くことが出来る」という文言でした。彼が建築家である前に、教育者である前に、登山家である前に、人として世界の平和を希求する「倫理観」があったんだということに、ハッとさせられました。建築を建物単体として視るのではなく、世界を俯瞰して視るということを突き詰めると、世界の平和をめざすということがとても腑に落ちて、さらに尊敬するようになりました。

< 何かをつくるというのは、とても楽しいこと >（p.31）

「建築するという行為」の楽しさは設計する側だけのものではなく、見る側、住む側など、とても多面的なものだと思います。さらに建築のおもしろいところは、それが街並みや周辺環境の中だとまた違って見えてくるところではないでしょうか。僕はヨーロッパの街並みで好きなのは、古代ローマ遺跡を生かした街づくりがされているところです。そうすることで歴史が地続きに感じられます。石やレンガの文化だから可能になっているということもあるかと思いますが、記憶を残す街づくりのやり方にはとても関心があります（松田陽・岡村勝行『入門パブリック・アーケオロジー』（同成社、2012））。［青木］

< 人間が、人間のことだけを考えて建築をつくり続けることには、ブレーキをかけないといけないのかもしれません >（p.33）

「人間にとって都合のいい環境」をつくることが、長い目で見たときに本当に「人間にとって都合がよいのか」は考える必要がありますよね。たとえば、今住んでいる家は築70年ほどなのですが、できる範囲は自分で手入れをしながら住むことを前提に建てられています。しかし僕が育ったマンションでは、修繕は必要であっても自分でやるものではなく、業者に頼んでやってもらうものでした。じつはまったく手のかからないものはなく、自分でやるか頼んでやってもらうかだとすると、やはりまったく自分では手も足も出ない環境に住んでいるのは、はたして本当に都合がよいのだろうかと考えてしまいます。［青木］

< 対話は、こうして往復書簡においても、人間同士であれば言葉を介しておこなわれます。しかし、人間でないものに対して言葉は無力です >（p.34）

言葉についてもう少し考えてみたいと思いました。たしかに言葉が理解できないものに対して言葉は無力なのかもしれないけど、言葉の通じない人間同士でもなんとかコミュニケーションができるレベルは確かに存在します。それは単純なコミュニケーションかもしれないけど、歓待しているとか、怒っているとか、一緒に作業やスポーツをすることは可能です。その延長線上に言葉があるとするならば、けっして無力ではないのかもしれないと思いました。一方で、言葉は情報の伝達手段でしかないとすると、むしろChat GPTなどのように、より簡便なもののほうが求められていくのでしょう。［青木］

< 新型コロナウイルスによるパンデミックが人間に教えてくれた教訓 >（pp.34–35）

シンペイも先のお便りで、村において「自然は人の力ではどうにもならないもの」という認識があると書いていましたが、今回の新型コロナウイルスって、自然界にとっては痛くも痒くもないわけで、人間という種にのみ致命的なダメージを与えているということが、なんとも皮肉が効いていますね。

<「原始を問い直す」こと >（p.36）

住まいとしての建築の原始を問い直しながら拙著『ここちよさの建築』（NHK出版、2023）を書きました。人間の衣食住に関わる身近なはずの建築をより深く認識し、少しでも世界をクリアに把握するための実践的な入門書です。

< ものづくりにおいてどこまで手を加えるのかという、程度の問題 >（p.38）

建築は、建築家が設計しても、つくるのは職人であり、集団的創造物です。対して、画家が絵を描くというのは、個人的創造の結果です。計画と無計画のバランスというのは、建築の場合、建築を一緒に考えてつくるみんなで共有する必要があり、対して、絵は基本的には画家が最後に納得してサインを入れたら終わり。文章の終止符の役割をサインが果たしています。建築における計画と無計画は、この設計者としてのサインをいつ、どう入れるのかというふうに考えられるかもしれませんね。

< 地図を持って目的地に到達することよりも、自分の青い点の動きを自覚し、地図に裏切られながら書き換える営みのほうが大切 >（p.39）

地図は目的地に到達するよりも、書き換えるほうが大切というのがおもしろいですね。ちょっと関係ないですが、僕が初めて海外旅行にひとりで行った2000年代前半は、もちろんまだスマートフォンもなく、GPS機能付き携帯電話も普及していませんでした。だから紙の地図は必携だったのですが、見知らぬ旅先で一番困ったことは「自分の位置がわからない」ことでした。自分の地図において、まず自分の位置を知ることについて、光嶋さんはどう思うか聞いてみたいですね。［青木］

LETTER #4　from S.A.

< 初めての救急車 >（p.42）

激しい頭痛がして、自分で車を運転して夜間診察を受けに行こうと思ったのですが、到底無理だったので救急車を呼びました。脳の異常がないかどうかも見てもらいましたが、特に異常はなく、病院で点滴を受けて帰ってきました。ただその病院がもちろん村内にはなく、隣の桜井市にも夜間救急を受けてくれる病院がなかったようで、夜だと40分以上かかる橿原市の大きな病院に搬送されました。地方における医療体制の問題を身をもって痛感したのでした（兪炳匡『日本再生のための「プランB」：医療経済学による所得倍増計画』（集英社、2021））。

「救急車に乗った」というのは、相当ですね。僕はまだ救急車に乗ったことがありません。テレビや映画で救急車の中を見たことはありますが、実際に乗るという経験は、もっと先にしたい、もしくは乗りたくないと思います。［光嶋］

<「なぜつくられ続けねばならないのだろう」と思っていた建築は「商品としての建築」であり、光嶋さんのいう建築は「商品ではない建築」>（p.44）

「商品としての建築」は、お金との等価交換が成立するというふうに説明できますが、「商品ではない建築」というのは、単純に交換できないものを内包したことで成立しているというふうには説明できないのかもしれません。というのも、このふたつはきっぱりと水と油のように混じり合わないものではありません。「商品ではない建築」といいつつ、「商品としての建築」という交換可能性も含んでいるから、ややこしい。でも、この「商品としての建築」を「商品ではない建築」にする方法は、たくさんあります。たとえば、原因を追究して病気を確定するのと違って、健康な状態が多様であるように、「商品ではない建築」も同じように多様なんだと信じています。［光嶋］

LETTER #5　from Y. K.

< 交換可能な「商品としての建築」をつくるのではなく、なるべく自分事としての「つくる」に参加することで、交換原理に回収されない建築の本質に触れたい >（p.54）

書簡には書けなかったもうひとつの建築の本質は、「時間」です。「今・ここ」だけにとらわれないで、長い時間の連続として建築（空間）を考えていきたい。ミヒャエル・エンデの名作『モモ』に登場する「時間泥棒」というキャラクターは、人間と建築の関係においても、けっして等価交換が成立しないものとして「時間」があることを考えさせられました。大人になって、スケジュール帳が埋まっていることで安心するような感覚に溺れてしまうようになってからなおさら、この時間感覚の不自由さ、時間の豊かさについて考えたいと思っています。もちろん、時間について考えることは、人間の人生が有限であるという「死」の問題にもつながってくるから切実なんだと思っています。

<「つくる」を可能にするのは、身体による非言語的対話であり、その非言語的対話の相手こそ自分の外部としての他者、つまり「自然」>（p.54）

ここでも「つくること」の本質についての話が出ていますね。商品ではない、交換原理に回収されない建築をつくるためには自然との非言語的な対話が必要だということに大いに同意します。非言語的であるとは、知性によってとらえないということでもあります。知性ではなく感覚によってとらえたものを無理に言語化せず、知性に落とし込まずにもち続ける。何か感じてもSNSにすぐにその感動を書き込まない、みたいなことが必要なのかもしれませんね。［青木］

< 生と死や男と女、都市と農村を単純に二項対立させないで、矛盾を排除しない寛大な姿勢で受け入れることで、もっと豊かな視点を獲得し、対立が乗り越えられると思う >（p.58）

じつは僕が「ふたつの原理を行ったり来たりする」ことを提唱しているのは、「寛大さ、寛容さ」というよりも、人間の認識と分析、発信の限界を考えると、どうしても二項対立的にならざるを得ないのではないかと思っているからです。そしてそれをでき得る限り防ぐためには、その二項対立の図式を認めたうえでそれを行ったり来たりすることで中和するという、ちょっとニヒリスティックな考えからきています（青木真兵『手づくりのアジール：「土着の知」が生まれるところ』（晶文社、2021）。〔青木〕

< 建築という言葉は、動詞だと構築する「つくる」という意味 >（p.60）

この意味だって変わるということです。意味がコロコロ変わるということは、視点を変えれば「意味がない」ということです。芸術というものは、何かの「意味」に回収されない強度を持ち合わせています。芸術は無意味だということもいえるのです。芸術は、壮大な無駄である。無駄を愛でるのが芸術という考え方もできる。だから、無意味という意味についても考えてみたい。しかし、なんだか頭がこんがらがってきますね。トートロジー。しかし、「わからない」という状態を思考することと物事の「意味」というのは深く関係しているので、引き続き考えたい。わからないという状態は不安で弱いものでもあり、わかる状態というのは安定していて強いものだから。

< バウハウスが発芽させて育てたモダニズムを超越するには、モダニズムを一方的に批判するのではなく、モダニズムの獲得した普遍性を深化させること >（p.62）

モダニズム建築のあとには、ポストモダニズム建築が登場したわけですが、それがモダニズムをより豊かに展開し得たかは疑問が残ります。むしろ、ヴァナキュラーとしての視点がもっと必要なのではないかと思っています。しかし、この「ヴァナキュラー」という考え方も、一筋縄ではいかないものです。単純に、モニュメントとしての建築をつくってきた建築家の作家性をなくして、アノニマスな作家性のない建築デザインを再評価するというわけではありません。ゆえに、バーナード・ルドフスキーによる『建築家なしの建築』（渡辺武信（訳）、鹿島出版会、1984）を今こそ学び直さないといけないと強く感じています。

< 誰が反復しても同じ「科学」を尊重しつつも、他者と違うことが評価される「芸術」において偶然のポエジーを信じることで可能になる非言語的なものとの対話を大切にすること >（pp.62–63）

匿名的な土着と署名的な芸術。このあたりの話をじつは以前少しだけしています。それが京都の誠光社でおこなわれた、光嶋裕介『つくるをひらく』（ミシマ社）刊行記念イベントです（「【刊行記念】つくるひとになるために」『オムライスラヂオ』（No.450 / 2021.7.07））。［青木］

< イームズが可視化した外側と内側の自然は、科学に属しています。科学とは、宇宙技術からナノ技術までさまざまです。しかし、科学だけでは常に不完全なのです >（p.63）

このことに関しては、モリス・バーマンが著した『デカルトからベイトソンへ：世界の再魔術化』（柴田元幸（訳）、文藝春秋、2019）という本の中で世界の「魔術化」という視点で詳細に分析されていて、すごくおもしろい。「参加する意識」の有無について。ぜひとも、いつかシンペイと黒ジャコ（読書会）で議論してみたい。

LETTER #6　from S. A.

<ラスボスを倒して世界に平和をもたらすことやエンディングの演出を見ることなどの目的を達成することではなく、その過程の冒険自体に興味がある>（p.66）

今はまったくしませんが、僕は小中学生の頃、本当にゲームばかりしていました。ファミコンにはじまり、スーパーファミコン、プレイステーション、プレイステーション2あたりまでずいぶんやりました。RPGもやりましたが、特にシミュレーションゲームにハマっていました。特に「シムシティ」「テーマパーク」「バーガーバーガー」などの、何がクリアかわからないゲームを延々とやるのが好きだった記憶があります。

<目的地は「僕にとっての本当の目的」であるプロセスを生み出すためのきっかけにすぎない>（p.66）

シンペイは、夏休みの宿題を8月31日にやるタイプでもなさそうですね。というか、宿題を「いつ終わらせるか」よりも、そもそも宿題を「なぜやらないといけないのか（目的）」を問うややこしい奴ですね。僕は（優等生ぶるつもりはないけど）、夏休みの宿題はお盆までに終わらせるというか、ササっとやってしまうタイプでした。だって、そもそも夏休みをとにかく遊び倒したい、満喫したいので、それを邪魔する障壁を乗り越えておきたいだけ。夕飯でも好きなものを最後に取っておくのと似ているかもしれません、いや、違うか（笑）。［光嶋］

<日々の実践が先にあることで、自分の中に学ぶ意味が存在してくる。ここ最近、このようなルートじゃないと自分は学ぶプロセスに入れない>（p.68）

僕もドイツから帰国して独立するための必然性から一級建築士という国家資格を取得するために必死に勉強しました。それは、受験勉強と一緒で、とにかく「合格」するというゴール（目的）があるからがんばれた気がします。ただ、本当の学びという意味においては、やはり資格試験のための知識と、実際の現場での知識は違うと感じました。僕は「建築家になりたい」と思っていたけど、「一級建築士になりたい」と思ったことはありません。車でたとえると、一級建築士はあくまでも運転免許でしかなくて、気持ちとしては建築家というF1ドライバーをめざしている、そんな感じです。［光嶋］

< 自分は本当は何がしたいのだろうと常に考えていた記憶があります。その転機は大学２年生のとき。新しく赴任してきた先生のようになりたいと思ったこと >
(pp.68–69)

自分を新しい次元に引っ張ってくれる「メンター（師）」というのは、とても大事ですよね。そのメンターが誰であるかも大事ですが、いつ、どのようにしてその人と出会うかもすごく大事だと思います。トロントに住んでいた中学生の僕は、バスケに熱中していて、“I wanna be like Mike ♪ ”というフレーズでジョーダンの出演するゲータレード（スポーツドリンク）のCMが好きでした。自分にとっての憧れの存在は、自分の今いる場所から新しい次元に誘ってくれるという点において大切な存在です。そのためには、自分を無防備な状態としてさらけ出し、師から学びたい気持ちをイノセントに持続することができれば、学びが発動し、継続する。師を見つける才能って、ピュアな憧れからはじまるんだと思います。僕は昔から「先生運がいい」と思っていましたが、内田先生に「違うよ、光嶋くんは弟子上手なんだと」と言われたことがあります。にしても、これを書いていて思うのは、じつは毎日のようにゲータレードを買っていたということは、まんまと企業の広告原理、資本主義システムに踊らされていたというふうにとらえると、なんだか悩ましい。［光嶋］

古代エジプト学が専門の大城道則先生です。ヒゲにサスペンダー、スヌーピーのネクタイをつけた大城先生は、僕がいつ研究室を突然訪ねても、嫌な顔せず相手をしてくれました。このときを境に、今まで特に目的のなかった僕の大学ライフは一変。図書館で本を読み、その感想を携えて先生の研究室に赴く毎日になりました。僕が関西大学の大学院に進学したのも大城先生の母校だからですし、発信しなければ意味がない、「とにかく打席に立て」という姿勢も多作な大城先生の影響を受けたものです。大学生、大学院生時代にはたくさん焼肉に連れて行っていただきましたし、今でもたまにご飯に連れて行っていただいています。

< それ以前の自分では想像もつかないほど、猛烈に読書をはじめました >（p.69）

大城先生との出会いによって本を読むことに目覚めたのですが、まずは古代オリエント関係の本を片っ端から読んでいたように記憶しています。まず大城先生の『古代エジプト文化の形成と拡散：ナイル世界と東地中海世界』（ミネルヴァ書房、2003）を読み、古代エジプトとアフガニスタンのあいだに交易関係があったことを知り、そこから西アジア、古代オリエント世界全体に関心が向きました。東京の池袋にある古代オリエント博物館に通ったり、トルコの遺跡にも興味が湧き、人生で初めてのひとり旅をトルコに行くことに決めたのでした。

<障害者福祉自体が、社会福祉全体の中でけっしてメインではないこともわかりました>（p.70）

僕が漠然と考えていたことが福祉分野にまとまっていたことも興味深かったです。特に歴史学とは異なり、福祉のメインフィールドは現場です。思考と行動の両輪に関わってくる分野ということもおもしろかったです。なかでも就労支援が福祉と就労にまたがる分野だったことも、答えの出ないむずかしさはありますが、僕には合っていたのだと思います。福祉はその人の尊厳や人権を尊重し、「あるがまま」を大切にします。一方、現代社会で生きていくためには、どうしても資本主義社会の中で働き、生活する必要があります。これは嫌なことばかりではなく、障害があるから自分の意思で好きなものも買えなかった当事者の方が働き、自分で稼いだお金で好きなものを買うことで、自分の意思を表現したり、社会とのつながりを得ることができる仕組みでもあります。そういう意味で、ケアと資本主義を両立させる社会運動的な側面を、僕は就労支援に見いだしています。

LETTER #7　from Y. K.

<そもそも「知りたい」という好奇心が湧かないと、自分から考えるというプロセスも、何かをつくりたいというモチベーションも発動しない>（p.79）

じつは目下、村内の廃校になった小学校の利活用として図書館をつくろうと動いています。ゼロからなので、まだ動き出すには至っていませんが、やはり「学び」が発動する場にしたいですね。その場に来ると自動的に学びが発動するということもあるだろうけど、何か「関わりしろ」のようなものを残しておくことで、たんなる知識を身につけるのではない、体験、経験とともに学びが発動するような場にしたいと考えています。至って普通のことをいってますけど（笑）。〔青木〕

<最短距離で合理的に、もしくは効率よくゴールすることよりも、ときに遠まわりしながら紆余曲折を経たほうが力強くゴールする、あるいはもっと意味のある別のゴールにたどり着くことがあるという、もうひとつの視点をもっておくことがとても大切>（p.79）

合理的に考えると最短ルートをいきたい中で、あえて遠まわりするのも何か違う気がします。でも偶然に遠まわりしなければならなくなったり、その人にとって必然性があって、それがまわりから見ると遠まわりしているだけならば、これもまたよし。どうしても身体を介すことって時間がかかると思うのですが、時間をかけること自体が悪のようにいわれてしまうと、身体を介すことや発酵など、時間を要するものがどんどん不要になっていってしまいます。このあたりもまたお話ししたいところです。〔青木〕

<ゴールはいつだって動く>（p.80）

設定したゴールは、設定した時点ではよく見えていなかったりします。ゆえに、ゴールに向かって邁進していると、ぼんやりしていたゴールがはっきり見えてきたり、ゴールに向かって近づいていくことで、ゴールが逃げていくというか、この模索するプロセスを経たからこそ事後的にしか気づかない「変化」もあるということです。

< プロセスにおいて自分の地図が上書きされていく >（p.80）

この「上書き」というのが大事で、これこそが「進化」している、あるいは「成長」しているという実感につながるからです。こうした向上心がないと、そもそも設定したゴールまでがんばってたどり着こうとしないと思うんです。この向上心は、子どものときにもっていたはずの無目的でイノセントな好奇心と近いものがあり、それを継続的にもち続けることは、自分なりに意識的に方法を考えないと、大人になるにつれてすり減って、枯渇してしまうものだと思えてなりません。

< お金（紙幣）は、食べることも、着ることも、住まうこともできません >（p.83）

生きているときに溜め込んだお金を天国に持っていくことはできません。お金持ちになることを人生の目的にする不毛さ、「お金よりも大切なものがある」ことは、コロナ禍において一段と身に沁みて感じています。

< 見えるお金と見えない時間が、互いに補完することができれば、社会はもう少し寛容で、違った豊かさをそれぞれが見つけることができるのではないか >（p.84）

ここではお金と時間が対立して語られていますが、僕は対立させて考えていないところもあります。なぜならお金をかければ作業の人員を増やせたり、別のやりたかったことができたり、また作業する人にとっては日銭を稼ぐ仕事になったりするなど、お金がもたらしてくれる益もたくさんあるからです。そういう意味で僕が「建築とお金」の中で聞きたかったのは、お金は手段だから建築をつくるうえで不可欠なものだとしたうえで、公共建築や私邸としての建築など、さまざまな場面でそのお金の使い方や必要になってくるお金が変わってくるし、財源も変化する。こうした多様な場面における建築とお金の関係についてうかがいたかったなと。このあたりはぜひ今後にお話ししたいです。［青木］

<「ここからが東大寺ですよ」というやさしくもはっきりとしたメッセージを、門という建築は発し続けている。それは長い時間の定着によって「おもてなし」の精神が根づかせたもの >（p.85）

人びとが場に対して敬意を払うことによって、その場所に雪が積もっていくように時間をまとうようになります。時間は、雪と違って見えませんが、同時に、解けてしまうこともない。こうした個別の時間をまとうことで、匿名な場所がそれぞれにとっての個別な「居場所」となるように記憶として建築が定着していく。これは数値化することはできないが、建築が内包する魅力は、比較考量できない個別的なものが多いということです。風化する建築を愛でる視点をもっていたいものです。

< お金という交換可能な手段 >（pp.90–91）

お金と建築というお題について、はっきりいってしまえば、「建築と予算」という関係性と「建築の良し悪し」というところに相関関係があるのかないのか？という最もストレートなリアクションをこの書簡の中ではスッキリ答えられていませんね。それは、お金というのはどこか不純というか、お金を全面に出すと何かうしろめたさのようなものがある。なのであらためて、ここに加筆させてもらいます。予算が潤沢なら名建築になり、予算が少ないと名建築はつくれないのか、ということですね。もちろん、答えは予算の大小と建築の良し悪しは、まったくの無関係ではないけど、やっぱり建築を評価する際の軸をお金以外にちゃんと設ける必要があると思っています。たとえば、「空間の質」をどのようなものにしたいかというイメージの共有、あるいは「用途に複数性（変容可能性）」をもたせて多様な使われ方ができる開かれた建築であるか、「地元の素材や地域文化」との関わりをつくることができているか、などといった建築だからこそ獲得できる「価値」をお金と切り離して構築することができるかということだと思うのです。むろん、お金はとても大切です。総工費をどのように配分して良い建築をつくるかを考えないといけません。このとき「制約」があるからこそ、新しいアイデアが生まれたりするので、無制限な予算（そんなプロジェクトに参加したことありませんが）というのは、名建築の条件にはなり得ないと思っています。大事なのは、お金をしっかりコントロールしながら、お金以外の評価軸をしっかり建築の中から見つけて、クライアントや職人さんとの対話を重ねてその価値をみんなと共有し、育てていくことのような気がします。そうすることで、正当な対価（設計料）を得るという意味においても建築とお金、あるいは建築家とお金というのも大切なテーマだと思っています。

LETTER #8　from S. A.

<季節に応じて、生き物のように呼吸するのがルチャ・リブロです>（pp.98–99）

以前ルチャ・リブロで開催した戦史／紛争史研究家の山崎雅弘さんとのトークイベント（土着人類学研究会）では、夏で参加者も多く室内が暑かったので、急遽川の中に立つ橋脚の上でお話ししたことがありました。そのときの模様はこちら（「【土人研】戦前の日常から自由と民主について考える」『オムライスラヂオ』（No.277/2018.8.15）。ラジオだから見えないけど、想像してみてね。

<内と外を分ける役割をする結界>（p.100）

建築を設計する際にも、僕はこの「結界」ということを強く意識しています。凱風館でいうと、内田先生が合気道をされる「道場」と執筆をされる「書斎」というふたつの居場所をどのように接続するか考えた際に、2階にある書斎と1階にある道場をつなぐ「階段室」が結界の空間になると考えました。結界の効果を最大化するために考えたことが、空間を白くニュートラルなものにするということでした。凱風館において、この階段室だけは窓に白く濁るフィルムを貼って、壁も真っ白の漆喰にすることで、書斎と道場という表情の異なるふたつの空間を結界するためのデザインを採用しました。結界をつくるには、素材や色、スケール（大きさ）による「コントラスト（対比）」を強調することが有効だと思っています。〔光嶋〕

<有限性は安心と結びついています>（p.103）

有限性ってすごく重要な視点ですよね。地球が有限であるという視点を忘れて、無尽蔵に開発（あるいは自然の搾取）を進めてしまったがゆえにこれだけ地球規模の気候変動や環境危機が問題になっています。また、私たちの身体における有限性という視点で考えてみると、記憶装置としての脳の有限性というのも大事ですよね。だって、私たちはデジタルなコンピューターと違って、やったことをすべてハードドライブにストックすることができません。つまり忘れてしまう。「忘却」がデフォルトとして私たちの身体に組み込まれているから、変化に富んだ世界を生きることができる。けれども、すべてを忘れてしまっては記憶喪失になってしまい、自己同一性が保たれない。このバランス、またしても「程度の問題」かもしれないけど、物事を忘れることができるということも人間にとって重要な特性なんだと感じています。〔光嶋〕

LETTER #9 from Y. K.

< スカイスクレーパー >（p.107）

スカイスクレーパーは現代社会の象徴であるにもかかわらず、その名称をまったく知りませんでした。「冷たい泉に素足をひたして　見上げるスカイスクレイパー」という歌詞で聴いたことはありましたけど（PRINCESS PRINCESS《Diamonds》）。［青木］

< 人間は超高層によって空気を閉じ込めているが、とてつもなく長い時間をかけてつくられた地球の豊かな生態系を信じられないようなスピードで破壊し、空気さえも人体に害を及ぼすほどに汚し続けているではないか >（pp.107–108）

地球上の物質を再構成することでつくられる建築は、自然環境に手を加えること、厳しくいえば自然を搾取することを避けることができないのであれば、それを最小化する努力が必要なのではないか。地球が有限であるからこそ、人間の無限の欲望で建築をつくるのではなく、地球に対して、不自然な建て方をしないで、地球の自然環境と調和する状態を探す必要がある。その点においては、信じられない量のゴミを生み出す「スクラップ・アンド・ビルド」をただちにやめなければならない。

二酸化炭素の排出と家の密閉度に関して、ラジオ『鈴木敏夫のジブリ汗まみれ』で聴いたことがあります。『となりのトトロ』の「サツキとメイの家」を再現した木造の家が、省エネを推奨するために建てられなくなるという話です。これについても光嶋さんの意見や見解を聴いてみたいです（「「サツキとメイの家」を訪ねる。」『鈴木敏夫のジブリ汗まみれ』（2015/07/28））。［青木］

< 合気道のお稽古だって呼吸法からはじまりますよね >（p.111）

当たり前のことですが、私たちの身体は無意識的に「呼吸」をしています。外の空気を吸っては吐くという反復運動。この無意識的なことを、意識的にやってみることで多くの気づきがあるのです。合気道のお稽古は、最初にみんなで「呼吸合わせ」をします。軽く目を閉じて（半眼）、深呼吸するだけで、心のモヤモヤが少し晴れることがあります。結界を自覚するには、まずは自らの身体的状態を整える必要がある。合気道が「動く禅」といわれるのも、瞑想的なイメージのお稽古が有効的なのも、そのためなんだと思っています。

< 交歓（こうかん）される見えないエネルギーを、僕は生命力だととらえています >（p.113）

合気道は「生命力を高めるための武道である」といわれます。僕は自分の処女作である《凱風館》の竣工と同じくして入門し、内田樹先生に合気道をご指導いただいていますが、以来ずっと建築における生命力について考えるようになりました。

LETTER #10　from S. A.

<駅のかつての呼び名である停車場という響きが好きな僕は、そこにもロマンを感じてしまいました>（p.121）

先日、島根県の海士町に行ってきました。大阪伊丹空港から隠岐空港まで行き、そこから高速船で島に渡るのですが、待ち時間が5時間近くありました。僕が大学時代にひとり旅したとき、トルコやイタリアでバスや電車を待っていたことを思い出しました。日本では待っていれば必ず来てくれますが、海外ではいつ来るか、そもそも来ないかもわかりませんでした。なんだか待つことがなくなったよなとも思います。渡船場、停車場、空港には、そんな「待つことへの郷愁」があります（鷲田清一『「待つ」ということ』（角川書店、2006））。

<幼い頃から論理的に考えるように教え、その癖をつけることで、そもそも世の中が論理的に成り立っていると思ってしまう危険性はないだろうかと危惧しています>（p.124）

「プログラミング」って、アナログ人間な僕としては未知な領域なんですが、プログラミングってのは、コンピューターを成立させている言語ですよね。つまり、生まれたときからスマホが普及している今の子どもたちは、コンピューターをつくるためのプログラミングを学んだほうがいいという考え方だと思うんだけど、昨今話題のChatGPTのような生成AI（人工知能）は、そのプログラミング言語ではなく、人間の言語である「言葉」というインターフェイスで直接コンピューターと対話できるようになってしまった感があります。これ、よくよく考えると、じつに恐ろしい感覚を覚えます。つまり、人間が働くこと、もしくは創造する「つくる」ことの意味を正面からちゃんと考えろ、と突きつけられているんだということです。人間vs AIという構図ではなく、互いに差異を認識し、補完し合う協力的な関係性を築いていかないと、えらく危険なことが起きてしまうのではないか。僕は、この差異の根本的なところに「忘却」があるんだと思っています。忘れる人間と忘れない機械。データを解析して平均値を計算してくれるのであれば、人間は、まだデータになっていないものを豊かに扱う必要があるんだと思います。新しい何かを生み出すには、人間と機械がどのようにうまく協働するか、しっかり考えないといけませんね。そのときの鍵は、「身体」だと思っています。とはいえ、小学生の娘にプログラミングを学ばせる必要があるかないかについては、まだ親として答えを見つけられていません。〔光嶋〕

< お金が便利すぎて、僕たちは流通しているものだけで世界が成り立っているような気がしてしまう > (p.127)

人間は、どうしても習慣というものに「慣れ」てしまうもの。この慣れが私たちの「当たり前」としてすっかり定着してしまうと、安心感もあり、このままでいいという安心（安定）のバイアスがどうしてもかかってしまう。この慣れによる心地よさを否定する必要はなくても、常に疑いをもつ批評性という姿勢、安住しないで、批判的に自己の価値観を揺さぶる構えをもっておきたいと思っています。言うは易しですが、実践するのはなかなかむずかしい。〔光嶋〕

LETTER #11　from Y. K.

< 人の人生の価値をお金という数値化可能なものに還元し、査定することができるとごく当たり前に思って疑わないその価値観 >（p.133）

「疑わない」というより、お金でしか判断する術を持ち合わせていないという言い方が、より正確なのかもしれない。いつでも、なんでも、お金との因果関係で考えてしまう癖がついてしまうと、どうしたって、お金の魔法に取り憑かれるというか、お金に執着してしまうんじゃないでしょうか。お金のことを心配しなくてもいい程度にはお金を稼ぎたいものです。個人的には躊躇なく買いたい本が買えるようになって大人になったと感じています。

< 自分とは関係なく、浮ついた安全地帯から発せられた言葉 >（p.135）

これも好きな言葉ではないが、「ポリコレ」という政治的に正しいとされる言葉も、そうですね。ポリティカル・コレクトネスは、気をつけないといけません。無批判に使っていないか、点検するようにしています。というのも、建築家として、40代の男性として、父として、教員として、さまざまな属性に対するマジョリティが「正しい」と考える「こうあるべき」という意見は、甚だあやしいもの。ろくに検証もせず、自分がポリコレ的な言葉をイージーに発していないか、常に確かめるようにしています。

<「昔の俺が言われたらどうなのか？」ということをひとつの基準として検証しながら学生たちの建築作品を批評することが学びを生む >（p.136）

このとき、指導する側としては「熱量」をコントロールすることを意識しています。というのも、「鉄は熱いうちに打て」と思っているので、ついヒートアッ

プすると、僕だけ熱くなっているときがあるからです。やはり、学びが発動するには、お互いに同量の熱量がないとうまくいかないんじゃないかと思っています。だから、安易に褒めることよりも、厳しく追及することのほうが多くなるのも、学生は打てば響くと思っているから。

これはたしかにその通りなのですが、現代はちょっと「ブーメラン」を意識しすぎているような気もします。論理的に一貫していないといけないと思いすぎてしまったり、ダブルスタンダードを恐れすぎなのかなと。同じ言葉を伝えても受け取った側の状況などによって解釈は正反対になったりします。それだけ言葉というものは恐いものでもあるのですが、むしろ誤解ありきで考えたときに、自分がその言葉を悔いなく発しているかのほうが重要になる気がしています。［青木］

<ついこのあいだまでフィリーズとアストローズのあいだでワールドシリーズが戦われていましたが、毎朝見入っていました>（p.139）

ちなみに僕はプロレスが大好きです。プロレスは筋書きが決まっているから野球やサッカーのような勝敗がわからないスポーツではなく、演劇に近いのだろうと思います。とはいえ演劇と違うところは、役柄がその都度変わらないので、プライベートとリング上が役者よりも地続きだということです。リング上とリング外の境界が曖昧であるというところも、プロレスのおもしろさだと思っています。［青木］

<そういう意味では本当に馬鹿がいなくなりましたね。誰もがコスパを気にして行動する、あるいは行動しない社会ってのは、やっぱり不健全ですよ>（p.141）

僕の好きなインド映画で『バーシャ！　踊る夕陽のビッグボス』があります。インド映画の「スーパースター」ラジニカーントが主演しています。マフィアの抗争を描いているのですが、それが経済合理性と仁義という原理の異なるグループ同士の闘いなんです。任侠映画が好まれるのは、現代社会の中で不可視化されてしまった仁義と暴力を描いているからだと思っています。〔青木〕

< 孤立を恐れずに、自分の言葉や行動がどのように受け取られるかをあまり気にしすぎないこと、要は「空気を読まない」馬鹿になる >（p.143）

　現代では「経済合理的な思考ができない人」は「馬鹿」とよばれてしまうのですが、この「馬鹿」でないと突破できない壁があると思っています。僕はむしろそれを「馬鹿の壁」とよびたい。「馬鹿」になるためにはまずは社会の外に出る、「下野」が必要です（青木真兵「下野の倫理とエンパワメント」内田樹（編著）『撤退論：歴史のパラダイム転換にむけて』（晶文社、2022））。〔青木〕

LETTER #12　from S. A.

< 物質としての本 >（p.147）

僕は、物質としての本が大好きです。ソフトカバーも、ハードカバーも、紙がもっている質感が好きなのです。本に囲まれている空間はホッとします。図書館や本屋さんが好きなのは、物質としての本が好きだから。読むうえでも、指で紙をめくる感じ、読んでいて左手で押さえる紙の束がどんどん薄くなっていくのが悲しいと感じるのは、良い本だと思っています。読み終わりたくないという感覚が手で感じられるのが、電子書籍にはない感覚なのかもしれません。物質としての本は全体が本としてあるのに対して、電子書籍は全体像が把握しにくい。僕は便利だということは重々承知していますが、いまだにデジタルブックというものがいっさい読めないんです。紙がないからというより、スクリーンが発光しているという性質が、そもそも光に照らされる紙の本と真逆なんですよね。なんだか「読んでいる」ときの実感が湧きません。いつかそんな僕も電子書籍を読むようになるかもしれませんが、今のところ、紙の本に執着しながら読書を楽しみたいと思います。〔光嶋〕

< 読み物ではなくインテリアとして扱うカフェもあるくらい、本にとって「見た目」は大切です >（p.147）

カフェや書斎で本をインテリアとして扱うのは「アリ」かと思いますが、図書館や書店でそのようにしているのは論外だと思います。

<成瀬巳喜男>（p.150）

黒澤や小津は結構観たけど、恥ずかしながら成瀬巳喜男作品は、1本も観たことがありません。シンペイの大好きな山田洋次作品とともに、いつか観てみたいものです。［光嶋］

<母の働く姿が僕にとっての働くことの原風景>（p.154）

なるほど、お母さんの働く姿が原風景っていいですね。僕は、父がサラリーマンで母が専業主婦なのですが、父がどのように働いているかを実際に見たことがないため、毎朝きっちりスーツを着てヘアスプレーの匂いをまとって家を出て、夜に帰ってくるという反復する日常に、子どもながらに大変そうだなと思っていました。そんな父は、僕たち3人きょうだいにいつも「頭を使う仕事をしなさい」というふうに叩き込んでいました。他方で、母は家事全般を淡々とやってくれていたので、どこか「社会」と切り離されて「家族」に尽くしてくれているように感じていたのを思い出しました。むしろ、自分にとっての「働くことの原風景」は、建築家として働く石山修武先生の姿ですね。石山さんの代表作のひとつである《リアス・アーク美術館》を先日学生時代ぶりに再訪したんですが（口絵参照）、建築に宿っている空間の強度を感じました。石山さんの生き方から強く影響を受け続けているんだと思います。［光嶋］

LETTER #13　from Y. K.

< 消費するだけになってしまっていた生活から、土井先生の一汁一菜を参考にしてシンプルなレパートリーで自炊する生活を取り戻すこと >（p.159）

土井善晴さんの本を読んで自炊するようになると、何を使って料理するかという食材まで気にかけるようになり、いつか自分たちの食べる分の野菜を自分たちでつくってみたいという、土を触りたい欲求まで出てくるのがおもしろい。こうした食に関することでも、ただ消費するのではなく、つくる側にも深く参加することで物事が「円環」することが健全なんだと思うようになりました。この円環するシステムというのは、シンペイのいう「土着的」という言葉に通じるものを感じています。

< 僕の場合は職住一致しているので、地上界の事務所で仕事もできたし、10日間ものあいだ家の外に一歩も出なくても、思った以上に不自由なく過ごすことができたことには、正直驚きました >（pp.159–160）

東吉野村で暮らしている友人はフリーランス的に働いている人が多く、職住一致だったり、反対に場所を選ばない仕事をしている人が多くいます。ただ最近、ワークライフバランスという言葉があるように仕事とプライベートを分けて考える風潮が強かったことで、急に家で働けと言われても切り替えられないという人もいたようです。ルチャ・リブロも自宅を開いて図書館にしていますが、僕たちはそれが資本の原理の弱い図書館だから平気ですが、これが商売をしていたらうまくいかなかったかもしれません。［青木］

<娘にとっての初めてのランドセルを背負っての入学式を欠席せざるを得なかったのも悔やまれます>（p.160）

入学式に行けなかったことが、娘にとって本当に残念だったのかは、本人に聞いてみないとわかりませんが、本当に何事もなかったかのように1週間遅れでも問題なく学校生活を送っていることを思えば、入学式というのは、つくづく親のための儀式なんだと思うに至りました。節目の行儀は大事ですが、もっと大事なのは当の子どもたちが楽しく学ぶ場が日常的に確保されていることだと思うので、そうした環境を整えられるように親として心がけたいと思います。

<マスク生活をデフォルトとして育つ子どもたちの将来が不安でなりません>（p.161）

日本社会はコミュニケーションにおいてどんどん摩擦を避ける方向に進んでいます。たとえば、ノーマライゼーションという理念の受容が、国際社会と日本とでは大きく異なります。あらゆる人が「普通」に暮らせるように社会を変えていくのが、本来のノーマライゼーションです。しかし日本では障害がある人を「普通」に近づけようとします。やはりこれはおかしいといわざるを得ません。そういう意味で、マスクをして個性をなくし、粛々と現状の社会で満足してくれる人が増えることを、権力者はもちろん、社会全体が望んでいるように思います。［青木］

<腹を大きく切るのではないために体への負担が小さく、術後２日で退院することができました>（p.162）

僕も2010年の秋に検査のために2週間入院しました。あのときは僕もしんどかったけど生活もしなきゃいけなくて、入院できて助かったという心境だったこと

を覚えています。〔青木〕

< 本ってやっぱり手紙なんだとつくづく思いました。それをどこでどうやって、いつ読むのかというのが、大事 >（pp.163–164）

本当にその通りだと思います。以前、南阿蘇にあるひなた文庫さんの企画『本屋真夜中2020オンライン 本と場所の記憶』に文章を寄稿したことがあります。僕と妻が遠距離恋愛をしていたときに高速バスで読んだ本について書いたので、よろしければご一読を（青木真兵「限定されてはいるけれど、ゆったりとした時間」『本屋真夜中2020オンライン　本と場所の記憶』https://www.midnight.hinatabunko.jp/2020/spot/aokisimpei/（最終閲覧日：2023/05/04））。〔青木〕

< 自分にとっての「おもしろい」という感覚だけを頼りに、自分なりのその時々の正しさを根拠に行動していくこと >（p.168）

これは、言い換えると「倫理」の問題になってくる。自分にとっての正しさがどこにあるのか、その正しさは他者にとってはどうなのか、ということに真摯に向き合うこと。「そんなこと綺麗事だ」や「正論を言ってもしょうがない」といった言葉で諦めたくない。弱い人間が集団としての共同体（社会）を形成し、幸せに暮らすためにできることは何か。利己的なことと利他的なことを考えて、自分で責任をもって行動したい。だから、倫理の問題になってくるんだと思うし、それを曖昧にして誤魔化すような大人になりたくない。

LETTER #14　from S. A.

<「ままならないこと」とどう折り合いをつけていくか >（p.174）

　医学というのは「病気」を定義してからその原因を解明し、治癒するという学問であるのに対して、「健康」というのは、病気でない状態というような曖昧なあり方で定義されていることに疑問を感じているといったようなことを医師の稲葉俊郎さんの本『からだとこころの健康学』（NHK出版、2019）で読みました。たしかに、病気は特定することで、健康ではないものとして分類されるのに、健康というのは、明確に定義できませんよね。健康診断というのも、ある特定の数値内に収まっていることをただ確認するだけで、複合的にどのようなリスクがあるかは、それぞれ個別的なことだから、健康には多様性があるはずだという稲葉さんの健康学という考え方に興味があります。だから、僕自身も昨年の初手術を経て、病気を克服するというよりかは、常にあらゆる他者と同居しながら未知なる身体を運営している感覚、つまり「病とともに生きる」感覚をデフォルトにしたいなあと最近は思っています。［光嶋］

< 僕と坂本さんの共通点である「体を壊して村に越した」という経験も大きく作用しているように思う >（p.177）

　2015年春、東吉野村のシェアオフィスであるオフィスキャンプ東吉野で坂本さんに初めて会いました。坂本さんとは体調を崩した話で意気投合し、その後何度も東吉野村に通ううちに、いつの間にか家を借り、引っ越すことになっていました。

< 現代において働くとは「お金を稼ぐこと」を意味します。なぜお金を稼がねばならないか >（p.178）

　僕は専門家でもないし、専門的な本をちゃんと読んだこともないけど、「ベーシックインカム」という、生活の必要最低限のお金をいただけるシステムってのは、どうなんでしょうね。やはり、ハンナ・アーレントの労働（labor）と仕事（work）まで立ち戻って議論しないといけないかもしれませんね。とはいえ、僕はやっぱり「働かざる者食うべからず」といういささか古風な考え方が自分に対してあるのは、否定できませんね。お金を稼ぐ、稼がないは別として、何か働く、つまり「つくる」ことをしていないと、不安というか、落ち着かないので、休日でも「オフ」というよりかは、常に何かしてますね。〔光嶋〕

< 無限の食欲 >（p.180）

いやいや、食欲って、と思いつつ、たしかに僕は15年ほど前から年に一回のペースで断食をしています。3日間、水だけというなかなかストイックなものですが、動機は単純で、ダイエット。太りすぎた体を絞るためにやっているのですが、結局長期的にみたらリバウンドしてしまうので、また断食するというのが「年に1回」というペースになった。しかし、専門的なことを医者の友人に聞いてみると、ブドウ糖で生きるエネルギーを獲得する人間は、それを脂質にして溜め込むことができる。そして、ブドウ糖が獲得できなくても、脂質をエネルギーに替えるシステム（ケトン体質）を持ち合わせているから飢えを凌ぐことができたということを知りました。以降、ダイエットのみならず、働きすぎの体をデトックスして、眠っているはずのケトン体質を定期的に起動させることで健康を維持しようと思っています。にしても、有限性をちゃんと意識しないと、無限ってホント危険ですね。〔光嶋〕

〔挿絵・題字〕

青木海青子

〔装 幀〕

野田和浩

つくる人になるために

若き建築家と思想家の往復書簡

2023 年 8 月 20 日　　初版第 1 刷発行
2024 年 4 月 20 日　　初版第 2 刷発行

著　　者　光嶋裕介
　　　　　青木真兵
挿絵・題字　青木海青子
装　　幀　野田和浩
発 行 者　面高 悠
発 行 所　株式会社灯光舎
　　　　　TEL 075（366）3872
　　　　　FAX 075（366）3873
印刷・製本　創栄図書印刷株式会社
用　　紙　株式会社松村洋紙店

本書一部または全部をコピー、スキャン、デジタル化等によって複写複製することは、著作権法上の例外を除き禁じられています。
また、本書を代行業者等の第三者に依頼し、スキャン、デジタル化することは、個人や家庭内での利用であっても認められていません。
落丁・乱丁はお取り替えいたします。

定価は帯に表示してあります。

©Yusuke Koshima, Shimpei Aoki, Miako Aoki 2023　Printed in Japan.
ISBN978-4-909992-03-1　C0095

灯光舎・既刊書のご案内

‘ねえ、知ってる？「送行餃子、迎客麵」といってね、
麵は初めて出会ったときに、餃子は送別のときにつくるのよ’

送別の餃子（ジャオズ）

中国・都市と農村肖像画

井口淳子〔著〕
佐々木優〔画〕

1988年、民族音楽を研究する著者が選んだ調査地は、文化大革命後の「改革開放」へと舵をきった中国。
それも、当時、外国人には「秘境」ともいえる中国の農村。
以後数十年のあいだに出会ったあまたの人々。
1988年以降の中国という大舞台を中心に駆け巡った数十年間に生まれた出会いと別れの14のエッセイを、40以上のイラストとともにお届け。

A5変型判並製／本体価格1800円＋税
ISBN978-4-909992-01-7

その重なり合う響きと繰り返される旋律は大地を震わし、人びとを集め、精霊を喜ばせる

柳沢英輔〔著〕

ベトナムの大地にゴングが響く

古くより東南アジアに伝わるゴング。ゴングとは、丸い青銅製の体鳴楽器（打楽器）のこと。この楽器に魅せられたひとりの若き気鋭の研究者の集大成。
ゴングはどのように作られ、奏でられ、そして受け継がれていくのか。
著者撮影の現地の録音と映像資料や視聴できるQRコードも掲載し、ベトナム中部高原とその周辺地域のゴング文化の実態に立体的に迫る。

四六判並製／本体価格2700円＋税／ISBN978-4-909992-00-0

灯光舎
本のともしびシリーズ
第1期全5巻

撰者：山本善行（古書善行堂店主）

どんぐり 寺田寅彦 中谷宇吉郎 著

科学者であり、漱石の弟子でもあった寅彦の淡々としながらも心のこもった随筆と師・寅彦を想う宇吉郎の文章。

本体 1500 円 + 税　ISBN978-4-909992-50-5

石ころ路 田畑修一郎 著

将来への不安や葛藤。昭和を必死に生きた知られざる私小説作家。人物や自然の描写、自己の内面を確かな文章で綴る。

本体 1700 円 + 税　ISBN978-4-909992-51-2

かめれおん日記 中島 敦 著

「山月記」を描いた中島敦の私小説のような作品と随筆3篇。妹・折原澄子さんのエッセイ「兄と私」収録。

本体 1700 円 + 税　ISBN978-4-909992-52-9

木の十字架 堀 辰雄 著

ゆっくりと時間をかけて読みたくなる堀辰雄の静寂で繊細な文章。友を失った哀しみや自身の交友を描いた随筆。

本体 1700 円 + 税　ISBN978-4-909992-53-6

シリーズ　第1期　最終巻

シュークリーム

内田百閒 著

どことなく哀しみをおびた
ユーモア、怪奇的な雰囲気が
漂う世界観。百閒先生の魅力
溢れる小品七作を収録

本体 2000 円 + 税
ISBN978-4-909992-54-3

7人の現代アーティストの響演

『&: アンパサンド』第1集「詩的なるものへ」vol.1-vol.6

◇参加アーティスト

間奈美子（空中線書局）・福田尚代・BOOKSOUNDS・大森裕美子・川添洋司・村松 桂・びん博士（庄司太一）*

*Vol.2 以降の部数限定特典チャップブック『ポトロジア』での参加。

ジャンルの異なる7名の現代アートのアーティストの作品をひとつの封筒にパッケージした「新感覚小雑誌」

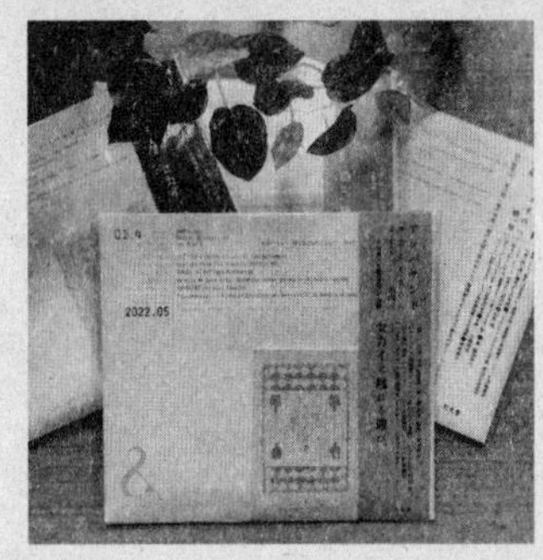

回文、手紙小説、写真、コラージュ作品などそれぞれの作家の作品を、毎号1作品ずつ白い封筒に入れてお届けします。

封筒に詰められたさまざまな形態の作品は、読者のみなさまの手によって最終的に仕上げていただけるよう、さまざまな仕掛けがなされています。

各号で完結している作品もあれば、6号が完成するその晩まで、作品の全体像が明らかにならないもの、みなさまの手によってひとつの「モノ」へと変身するものも。1つひとつの作品のコトバやイメージを味わうもよし、造形物として飾り、愛でるもよし。

みなさまの手にゆだねられる——アーティストと読者や鑑賞者が結ばれる、つまり「&する」——ことで、はじめて作品が作品としての姿をあらわす、そんなフシギで稀有な雑誌です。

価格：各号 ¥2,300+ 税（税込 ¥2,530-）
※現在 vol.4 まで刊行済です。

**※本誌は通常の流通形態をとっていないため、取り扱い店がきわめて限られております。
本誌購入をご検討の方は、小社までお問合せください。また、小社オンラインショップでも取り扱っています。**